쓴다,,, 또 쓴다

: 문학은 문학이다

문 학 은   문 학 이 다

쓴다

,,,

또

쓴다

박 상 룰
수 필 집

특별한서재

차
례

3부
사람은 무엇으로 사는가

'쓴다,,, 또 쓴다'라니?

수필집 제목이 뭐 이래, 라는 소리가 들리는 듯하다. 많은 사람들의 머릿속에 수필집이라면 '낭만적이거나 달콤한(?)' 제목이 어울린다는 선입견이 있기 때문이다. 곁들여 수필이라면 붓 가는 대로 쉽게 써진다는, 편견도 있다. 그런데 시든 소설이든 동화든 희곡이든 쉽게 써지는 것은 없다. 수필도 마찬가지! 어떤 장르의 글이든 쉽게 써지는 것은 없다. 그래서 이런 '문패'를 내걸었다. 계속 쓰고, 또 쓰고, 또 쓰는 과정에서 쓰는 요령도 터득하게 되고, 안 쓰면 몸이 간질거리는 현상이 생긴다. 그래서 잠깐 쉬었다 또 쓰자는 의미로 마침표(.) 대신 쉼표(,)를 썼다. 내 속내를 더 드러내자면 계속 써야 한다는 뜻으로 '쓴다,,, 또 쓴다~'처럼 끝 '쓴다' 다음에 물결(~)

표시도 한다. 그러나 이건 나를 다그치며 스스로 다짐하는 것이라 남들에게까진 주문하지 못하겠다.

날마다 써야 손에서 쓰는 열기가 사라지지 않는다. 소설 『백 년 동안의 고독』으로 잘 알려진 남미 콜롬비아의 작가 마르케스Gabriel Garcia Márquez는 일찌감치 이걸 간파하고 자신은 쓰고 있는 작품이 끝나면 손의 열기가 사라지기 전에 바로 다음 작품을 시작한다고 했다. 대부분의 작가는 한 작품이 끝나면 좀 쉬고 싶어 한다. 작품 쓰는 동안 진이 다 빠졌기 때문이다. 하지만 너무 오래 쉬면 작품 쓰는 요령도 몸에서 같이 빠져나간다. 다시 시작하려면 상당한 몸부림을 쳐야 한다. 어떤 경우엔 몸부림을 쳐도 소용이 없는 경우가 있다. 글을 쓰게 한 '뮤즈' 내지는 '몸주'가 영영 안 찾아주기 때문에……. 그래서 나는 늘 '써져서' 쓰는 게 아니라 '쓰니까' 써진다, 고 말한다. 작가는 그저 쓰는 존재일 뿐이다. 잘 써질 때까지 기다리는 게 아니라 쓰다 보면 잘 써진다고 생각한다. 샘물은 계속 퍼내야 새 물이 고인다. 글쓰기도 마찬가지인 듯.

나는 수필과 에세이를 구분한다. 물론 어떤 글은 정밀하게 나누어지지 않는다. 수필은 사실을 바탕으로 하되 가공을 하고 형상화를 해서 문학성을 갖추는 것이다. 에세이는 글쓴이의 주장이나 의견, 정보 위주, 칼럼 글, 소논문, 평론 성격의 글을 이른다. 물론 두 글의 성격이 뚜렷이 구분지어지지 않는 경우도 많다. 그러나 이게 수필이나 에세이의 단점은 아니다. 나아가 어떤 수필은 단편 소설 혹은 산문시 같기도 하지만 무 자르듯이 경계를 나누기가 어려운 경우도 있다. 그렇다고 이게 단편소설의 단점도 아니고, 산문시의 단점도 아니고, 수필의 단점은 더더욱 아니다.

수필이고 에세이고간에 오랫동안 소설이나 시에 비해 곁 식구 내지는 '서자' 취급을 받은 게 사실이다. 수필이나 에세이는 소설가나 시인이 소설이나 시로 쓰고 남은 '얘깃거리' 내지는 '생각'을 무형식의 틀에 담아낸 것이라 여겼기 때문이다. 그래서 문학의 한 장르로 정당히 대접을 못 받고 소설가나 시인의 여기(餘技) 취급을 받아야 했다. 지금까지 어떤 취급을 받았든 수필도 이제는 당당한 문학의 한 갈래가 되어야 한다. 그러기 위해선 수필이 더 문학적 위의를 갖추어야 할 것이다.

이 책에 담은 수필은 지난 몇 년간 신문, 잡지, 웹진, 페이스북 등에 쓴 글이다. 이백 년도 훨씬 넘는 조선시대의 글쟁이 이덕무의 소품문은 '종횡무진'한다. 이 책에 담은 수필은 종횡무진하기는커녕 길이, 내용 모두 어지럽기 짝이 없다. 난삽한 원고를 잘 정리하여 예쁜 책으로 만들어준 출판사 '특별한서재'의 모든 분들께 고마운 마음을 전한다.

　나는 글둠벙이 있는 이야기밭 언저리에 산다, 고 말하길 좋아한다.
　그곳에서 하루가 한평생(一日一期)이라 여기고,
　텅 비어 아무것도 없는 것처럼(一호) 느끼며,
　마냥 아득하고 먼 하늘(九호)을 가끔 쳐다보며,
　쓴다,,, 또 쓴다~.

2020년 봄 無山書齋에서
박상률

1부

글을 쓴다는 것

개꿈? 개꿈!

.....

어떤 책의 앞날개에 적힌 내 약력의 첫머리 부분이다.

사람보다 더 유명한 진도에서 개띠 해에 태어나 개와 함께
어린 시절을 보냈다. 나중에 광주와 서울로 거처를 옮겨 다니
며 공부를 하고 사회생활을 시작했지만, 가슴속으론 늘 좋은
의미의 '개 같은 인생'을 꿈꾸었다. 그 꿈이 아주 '개꿈'이 안
된 건 글 농사를 지으며 살고 있기 때문인지 모른다.

그렇다. 진도는 어찌 된 일인지 사람보다 개가 더 유명하
다. 워낙 개보다 못한 사람들이 많은 세상인지라 더욱 그런지

쓴다,,, 또 쓴다

모르겠다. 나는 어렸을 때부터 개보다 나은 사람이 되기 위해 애를 썼다. 커서 고향 진도를 떠나 광주로 서울로 공부길에 나서고 사회생활을 시작하면서도 늘 좋은 의미의 '개 같은 인생'을 놓치지 않으려 애썼다.

고향을 떠나 도회를 떠돌며 사는 동안 자칫 내가 꾸는 꿈이 아주 허망한 개꿈이 될 수도 있었다. 그때마다 고향에서 어린 시절 같이 살았던 개를 가슴속에 되살리며 내 꿈이 개꿈이 되지 않도록 의식·무의식 노력을 다했다.

가슴속에 품은 내 꿈은 누가 뭐래도 '개 같은 인생'이다. 개 같은 인생이라고? 아무렇게나 막살며 무시당하는 인생을 말하는가? 사람들은 개 같은 인생이라는 말을 처음 들으면 다들 그렇게 생각한다. 하지만 내가 생각하는 개 같은 인생은 그런 게 아니다.

내가 꿈꾸는 개 같은 인생은 무엇보다도 자연스러움을 거스르지 않는 것이다. 진도개는 자기의 분수를 아는 종자이다. 산을 오르내리며 사냥을 해야 할 때와 집 울타리 안에 있는 다른 가축을 지켜야 할 때를 안다. 들로 산으로 뛰어다니며 호연지기를 맘껏 발휘할 때와 집을 지키는 직분을 다해야 할 때를 잘 아는 존재라는 말이다. 진도개에겐 그런 것이 아주 자연스러운 일이다. 진도개가 타고난 본능 때문에 그러는 것이라고 폄하하는 사람도 있지만, 그런 게 본능이라면 본받을 만한 본능이다!

진도개는 절대로 먹는 욕심을 내지 않는다. 그래서 자기가 잡은 쥐 같은 것을 먹지 않는다. 가끔 쥐약 먹은 쥐를 먹고 죽는 개가 있기도 하지만 그런 개는 진도개의 '개 도리'를 하지 않은 개다. 진도개는 자기 위장의 2/3 쯤만 채운다고 한다. 결코 과식하지 않는다. 그러기에 진도개는 위장병을 앓지 않는단다.

먹는 것에 욕심을 부리지 않는 진도개. 이는 어렸을 때 할아버지한테 듣던 '더 먹고 싶다 할 때 숟가락 놓는다!'라는 밥상머리 교육과도 부합한다. 먹는 것을 통해서도 삶의 묘미를 일러주시던 할아버지.

자연스러움과 과욕을 부리지 않는 일. 사람인 내가 개에게 배워야 할 덕목이다. 개 도리이지만 사람 도리이기도 한 것이다. 사람이라는 존재는 살면서 자연스러움을 거스르는 일이 얼마나 많은가. 게다가 욕심은 얼마나 부리고!

십수 년 전 아이가 중학생 무렵, 우리가 살고 있는 서울에서 고향 진도까지 걸어간 적이 있다. 그때 이런 시를 탄생시켰다.

아들놈이랑 서울에서 내 고향 진도까지 눈보라 뚫고 걸어가는 길이었다. 가다가 팍팍한 다리도 쉬고 주린 배도 채울 겸 길가 기사 식당에 들어서자 운전기사들 밥 먹다 말고 우리 부자 행색 보고 한마디씩 거들었다.

이 눈 속에 어디까지 가시는 길이유?
진도까지 갑니다.
아, 거시기 진도개 유명한디 말이유?
예.
지금도 거기 진도개 많슈?
예.

왜 사람들은 진도에 사람도 산다는 생각은 않고 개 안부만 묻는 걸까? 개만도 못한 사람이 넘쳐나서 사람 안부는 물을 것도 없는 걸까? 그럼 개만도 못한 사람들은 모두 쥐일까? 아님 고양이일까? 이러다가 사람만도 못한 개가 넘쳐나면 어쩌려고 그러나. 쓸데없는 걱정하다 말고, 아차, 며칠째 우릴 기다리는 어머니는 점심식사나 하셨을까, 밥 먹다 말고 고향집에 전화를 넣는다.

어무니, 시방 충청도 지나고 있는디, 별일 없어유?

내사 뭔 일 있겄냐만 노랑이가 속쎄긴다.

왜 또 넘의 집 개랑 싸우고 다리 한 짝 부러져서 들어왔소?

아니, 고것이 새끼 낳더니만 입맛이 영 없는갑서. 뭣이든 주는 대로 잘 먹던 입인디 요 며칠 새 된장국도 안 먹고 미역국도 안 먹고 강아지들 젖도 안 멕일라고 그랴. 아무래도 지가 잡아놓은 노루 뼈라도 고아서 멕여야 쓸란갑다.

늙은 어머니, 이녁 안부는 뒷전이고 개 안부만 길게 전한다.

아, 나도 못 먹어본 노루 뼛국!

「개 안부」전문

• • •

진도개는 자연스럽게 사냥을 한다. 그래서 노루도 곧잘 잡아놓고 사람을 부른다. 사람은 개가 잡은 노루를 산에서 집으로 가져와 살은 장조림을 하고 뼈는 고아먹는다. 동물 애호자가 이 사실을 알면 질겁을 할지도 모른다. 노루를 잡는 개라니! 사냥을 하는 진도개를 나무랄지 모른다. 노루가 얼마나 순한 짐승인가! 하지만 진도개에겐 순한 노루도 잡아야 하는 게 자연의 이치에 맞는 일이다.

시 「개 안부」에서 어머니는 자신의 안부는 뒷전이고 개 안부만 길게 늘어놓으신다. 개가 바로 노모를 지켜주는 가족이기 때문이다. 자식들은 다 어머니를 떠나 도회로 흩어져 갔지만 개는 시골집을 지킨다. 그런 개이기에, 출산 후 입맛을 잃은 어미개에게 자신이 잡은 노루의 뼈라도 고아서 먹이고 싶은 게다.

어머니는 사람이고 짐승이고 가리지 않는다. 다들 소중한 '숨탄것'일 뿐이다. 목숨을 타고난 것은 다 귀중하다. 그렇다면 노루도 숨탄것이잖아. 그런데 노루를 개에게? 이런 의문을 가질 만하다. 어머니에겐 모든 게 다 자연스러운 일이다. 개가 노루 사냥을 하는 일, 노루뼈를 개에게 고아 먹이는 일. 이런 일 모두 자연스러운 일이다. 지금 세상엔 자연스러움을 거스르는 일이 도처에 횡행한다. 자연스러움을 무시하는 일이 되레 자연스러운 일이 되고 말았다. 자연스러움을 회복하는 일이 삶에 있어 가장 절실한 대목이다.

진도개와 진돗개. 나는 둘을 구별한다. 진도에서 태어났으며 진도개의 특질을 그대로 가지고 있는 개는 진도개로, 진도가 아닌 뭍에서 태어났지만 진도개의 특질을 유지하고 있는 개는 진돗개로 표기한다. 나는 진도개든 진돗개든 개 도리를 하길 원한다. 그러려면 사람부터 사람 도리를 해야 마땅하다. 개든 사람이든 도리를 다하는 게 아주 자연스러운 일일 터!

글쓰기 운명

．‥‥

　글을 쓰고 사는 게 자신만의 의지일까? 그런 것 같지는 않다. 글쓰기는 흔히 '천형'이라 일컬어진다. 하늘의 벌을 받은 인간들! 나는 글쓰기를 그리스도교식으로 얘기하면 하나님의 섭리이고, 부디즘식으로 말하면 전생의 업이나 인연 탓이고, 조선식으로 쉽게 말하면 다 제 팔자다, 라고 한다. 그런 차원에서 보면 글쓰기는 운명……

　그때 당시는 몰랐지만 돌아보면 글 쓰는 일이 내게 가장 적합한 일로 여겨지긴 한다. 일단 고향 진도의 자연과 역사 환경에서 어린 시절을 보냈고, 소싯적에 마지막 조선 사람 같았던 할아버지한테 받은 훈육 또한 무시 못 한다. 『시경』을 비롯하여 당송팔대가의 글을 뜻도 모르고 외운 어린 시절. 심심하면 집안의 한적을 뒤적이고, 먼 조상 인동 장씨 할머니가 시집을 때 혼수로 해온 옛날 옥편을 뒤적거렸으며, 할아버지 옥편과 인장의 인주 따위에선 할아버지의 냄새를 맡기도 했다. 아버지 서재에선 최현배의『우리말본』이나 양주동의『고가연구』, 박종화의 역사소설과 세계수상문학전집에 백수사의 한국단편문학전집, 을유문화사판『국어사전』을 뒤적거리며 재미있게 읽었던 기억이다.

　시골 동네에 들어오는《새농민》을 비롯, 다른 농민 잡지에서도 단편소설이나 수호지 같은 번안 소설을 즐겨 읽었지만 무엇보다 즐겨 읽었던 건 학교에 아이들이 가져오는 잡지《선데이서울(그 집 형이나 삼촌이 군대에서 휴가 나올 때 기차간이나 배 선실에서 보던 것)》이다. 이미 재미없다고 판정을 내린 교과서는 시오리(십오 리) 거리인 등하굣길에 오며가며 읽었고, 영어, 국어는 물론 농업책까지 통째로 외웠던 시절이다. 할아버지한테 받았던 한문 교육이 그러했듯 문자는 무조건 외워야 하는 줄 알았다. 영어도 한자 익히듯 천자문의 운에 맞춰 외우던 시절(I am a boy. How old are you? 따위를 '하늘 천 따 지 검을 현 누르 황' 운에 맞추어 소리 내보시라. 얼마나 우스꽝스럽고 재미있는지! 아무튼 이때 익힌 한문과 영어로 '생계형 야매 번역가' 생활을 꽤 오래했으니 인생이란 알다가도 모를 일……).

앞에서 글쓰기는 운명이라고 했는데, 그건 같은 형제라도 아롱이다롱이 다르듯이 타고난 게 다르다는 얘기이기도 하다. 언젠가 닭을 잡느라 목을 비틀고 털을 뽑았다. 그런데 이 닭이 털이 다 뽑혀도 죽지 않고 마루 밑으로 도망쳐 들어갔다. 할 수 없이 몸집이 작은 막냇동생을 투입했다. 동생이 그 닭을 다시 잡아와 내장 가르는 일부터 좍 했다. 나는 그 이후 성인이 될 때까지 닭고기를 못 먹었고, 동생은 평생 남의 피를 보고 사는 직업을 가졌다. 이런 게 다 운명!

운명은 계속. 대학은 상과대학으로 갔지만 5·18 이후의 광주의 빛과 바람을 견디지 못해 대학원 다니려고 서울에 왔는데 내가 간 서점의 주인 이 아무개 씨(뒷날 국회의원을 한)가 '하필'『오월시』동인 시집을 내밀었다. 그리하여 곽재구, 박몽구, 나종영, 나해철 등 대학 선배들의 시편을 읽게 되었다. 그때 오월시 동인지에서 김진경, 고광헌, 이영진, 최두석 등의 시까지 하나하나 읽을 때의 감동이라니!

『오월시』동인 시에 이어 김남주 시를 찾아 읽게 되었고, 박봉우 시인의 시에 매료되었다. 분단 현실을 그린 박봉우의 시

「휴전선」은 지금 보아도 절창이다. '산과 산이 마주 향하고 믿음이 없는 얼굴과 얼굴이 마주 향한 항시 어두움 속에서 꼭 한 번은 천둥 같은 화산이 일어날 것을 알면서 요런 자세로 꽃이 되어야 쓰는가.' 박봉우 시인은 훗날 신춘문예 예심 볼 때 신동엽의 장시 「이야기하는 쟁기꾼의 대지」를 본심에 올려 입선하게 하기도 했다. 상과대학 출신이어서 신춘문예의 성향을 몰라 나도 신춘문예에 장시를 응모했던 기억이 새롭다. (1950년대에도 장시를 뽑았는데, 1980년대인 지금도 마찬가지이겠지 하는 생각으로. 물론 착각!)

나의 문청 시절

．．．．．

늘 이런 말을 듣곤 한다. 나도 소녀 시절엔 글 좀 썼지, 라는 말. 이름하여 문학소녀. 물론 문학소녀는 감상을 낭만으로 생각하고 문학으로 연결했겠지. 비슷한 말로 문학청년을 들 수 있는데, 문학청년도 문학소녀와 별반 다르지 않으리. 낭만이 현실로 많이 기울어졌다는 것 말곤.

『오월시』를 만나지 않았다면 상과대학 졸업자로서의 길을 갔을 것이다. 어쩌면 지금 은행원으로서 정년을 맞을 준비를 하고 있을지 모른다. 아니면 회계사나 세무사 업무를 보고 있을지도 모른다. 문단에 나와 글로 못 먹고살면 택시 운전을 하려고 운전 면허 딸 때부터 택시 운전사 자격 기준을 충족시

켰는데 아직 못 써먹고 있다. 이것도 다 팔자. 죽을 때까지 글을 써야 할 운명인 듯!

문청 시절을 떠올리면 광화문에 있던 헌책방 '공씨책방'의 주인장 공진석 선생이 따라 나온다. 그는 내가 쓰고자 하는 주제와 관련된 책을 구해주었고, 책의 내용도 기억하면서 조언했다. 내가 필요로 하는 책은 따로 두었다가 연락하곤 했다. 그때 모은 책들이 이래저래 많다. 그때 나 말고도 공씨책방 주인장이 자료성 책을 구해놓고 연락을 해준 사람은 박원순 변호사와 정호승 시인. 공씨책방을 자주 들락거렸던 이는 학민사의 김학민 대표. 언론계 출신으로 자신은 당시 여당(민자당? 그쪽 계열은 이름을 자주 개명하며 하도 변신을 잘해서……) 의 노동부 장관을 지낸 바 있지만 운동권 자녀를 두었던 특이한 경력의 남재희 의원, 김종성 소설가, 이문재 시인 등.

광화문이 재개발에 들어가자 공씨책방은 서울대생을 고객으로 기대하고 서울대 앞으로 옮겼지만 이는 공 선생의 착각이었다. 책을 찾는 손님 없는 너른 지하 매장에서, 거미줄 쳐놓고 먹이 기다리는 중이라며 자조하면서, 골뱅이 안주에 쓸쓸히 소주잔을 비우던 공 선생의 말년 모습이라니. 그는 얼마 뒤 헌책을 사오다 버스에서 쓰러져 숨을 거두고 말았는데, 죽음까지도 헌책방 주인으로서의 면모를 보여 주었던 듯하다.

공씨책방의 공 선생의 기억력도 대단했지만 일찍 세상을 떠난 외우 승(僧) '일지'의 기억력도 대단했다. 그는 나보다 한 살 위인데, 일찍이 절집으로 출가하여 같은 시기에 같은 지역에서 고교를 다닌 인연이 있다. 그는 영어는 물론 한문 중국어 일어 등에 능해 불경 국역은 물론 영어책도 우리말로 옮기기도 했다. 무엇보다도 박람강기하여 밤에도 전화하면 어느 책 어디쯤에 있다고 알려주었다. 그가 일독을 권했던『고려사』북역판이 지금도 서재에 있다. 그런데 애석하게도 일찍 피안으로 가버린 그.『유마경』강독을 같이 하면서 이런저런 이야기를 나누었던 기억만 남겨놓고……. 지난여름에 대구 쪽에 강연 있어 갔을 적엔 일부러 합천 해인사를 찾았다. 해인사 도서관의 책 모두 그의 손을 거쳤다는 전설 같은 얘기를 도서대출증으로 확인하고 싶었고, 그가 승복 입고 축구를 즐겼다고 한 해인사의 운동장을 돌아보고 싶었기 때문이다.

해인사의《해인》지와 봉은사의《봉은》지와 관련한 추억도 있다. 벌써 추억을 되씹고 있는 내가 좀 가련하다. 이상 시인은 인생의 부자는 재산이 많은 이가 아니라 추억이 많은 이라고 했지만…….

글쓰기와 홍어

∴

사랑니는 죽어서도 난다는 말이 있다. 주로 사춘기 때 나지만(그래서 '사랑니'라는 이름도 얻었겠지만) 나이 들 때까지 안 나는 사람도 있다. 그러나 언젠가 나기는 난다는 것이다. 사랑니는 생식하는 원시 인간한테 필요한 거였는데 인간이 화식을 하면서부터 어금니 안쪽까지 질긴 걸 씹지 않게 되어 점차 퇴화하였다 한다.

사랑니를 쓸 일이 없는 현대인. 뭐든 익혀 먹기 좋아하는 현대인. 요즘 사람들의 글이 꼭 그 짝이다. 먹기에 좋게 익힌 음식 같다. 그래서 적당히 입 안에서 우물우물하다 넘기면 그럭저럭 소화된다. 사랑니는커녕 그 앞의 어금니를 동원하지 않아도 된다.

물론 아직도 날것 음식은 많다. 그러나 부드러운 것 위주다. 채소에 양념을 뿌려 먹는 것도 그렇고, 생선회도 그렇다. 그러한 날것은 사랑니는커녕 어금니조차 쓸 일이 없다. 글이 날것 그대로의 모습을 띠는 까닭도 그래서일 것이다.

『슬픈 열대』를 쓴 인류학자 클로드 레비 스트로스Claude Levi Strauss는 서양은 주로 날것 아니면 익힌 음식 위주라고 했다. 인터넷의 발달로 되레 글쓰기를 많이 하게 된 현대인은 날것 그대로인 글을 내보인다. 조금 더 나아가봤자 우물우물 씹기 좋게 익힌 음식 같은 글을 내보인다.

근데 글은 날것이나 익힌 음식 같은 것만 있는 게 아니다. 삭힌 것도 있다! 김치나 홍어를 보자. 배추는 날것으로 먹을 수도 있지만 삭히면 김치가 되어 맛이 바뀐다. 홍어도 날것으로 먹을 수 있지만 삭히면 전혀 다른 맛이 된다. 같은 배추와 홍어지만 변신을 한다. 글쓰기가 똑 이 짝이다. 날것보다는, 익힌 것보다는, 삭힌 것! 오래 삭혀 맛이 바뀌는 김치나 홍어 같은 글의 감흥이 아무래도 오래가겠지. 근데 삭힌 것에 사랑니는 소용이 있나 없나?

글은 생각이 아니라 언어로!

· · · ·

프랑스의 인상주의 화가인 드가Edgar De Gas와 상징주의 시인인 말라르메Stephane Mallarmee가 이런 말을 주고받았단다.

드가 : 나는 말이지, 생각은 참 많은데 시 쓰기는 어렵단 말이야.
말라르메 : 그런데 시는 말이죠, 생각으로 만드는 게 아니라 말로 만드는데 어쩌죠?

그렇다. 시는 생각만으로 되지 않고 말(언어)로 표현되어야한다. 드가가 즐겨 그린 발레리나 같은, 움직이는 인체의 역동적인 모습도 소묘 따위의 회화 기초를 통해 인물이나 사물을 보는 방법을 파악하는 데서부터 출발하듯이 시도 언어를 고르는 기초부터 시작한다. 어떤 현상을 보고 떠오르는 수많은 생각 가운데 대상과 상황에 들어맞는 언어를 고르는 기초 과정을 거치고, 이어 몸 밖으로 내민 언어를 다듬고 또 다듬어야 마침내 시가 되는 것이다.

언어를 골라 다듬다 보면 시인의 생각이 언어에 실린다. 시인은 생각만으로 세계를 구성하는 게 아니라 언어로 세계를 구성하기 때문이다. 그래서 언어를 사랑한다는 건 은유의 힘을 믿는 것이며, 언어로써 세계를 되찾는 것이라고 할 수 있다. 언어가 기존의 질서에 변화를 준다는 얘기. 이게 시가 지닌 은유의 힘이다.

그런 차원에서 하이데거Martin Heidegger는 '언어는 존재의 집'이라고 했을 것이다. 하지만 신영복에 따르면, 노자는 언어는 존재가 거주할 진정한 집이 못 된다고 설파했단다. 그래서 노자의 『도덕경』 첫 부분을 신영복은 '도라고 부를 수 있는 도는 참된 도가 아니며[道可道非常道]', '이름 붙일 수 있는 이름은 참된 이름이 아니다[名可名非常名]'로 해석한다. 이름을 붙여 주어버리면 그 이름으로 굳어버린다.

우리는 곧잘 '말이 그렇다는 말이다'는 말을 한다. 이 말은 이야기의 내용 측면에서 그렇다는 말이다. 하이데거의 '말이 말한다'를 이 차원에서 이해하면 어떨까? 말은 시인이 지어낸 것이 아니라 존재의 어떤 말을 전하는 이가 시인이라는 말씀.

어쨌든 문학은 말(언어)로 한다. 시인은 존재의 전령일 뿐이다. 깊고 넓은 존재가 말을 하면 시인은 그 말을 알아듣고 전한다. 이 말은 쉽게 알 수 없는 운명적인 존재의 힘이 시를 낳는다는 얘기. 근데 말라르메에 따르면 시를 낳는 것은 언어이지 생각이 아니라는 것!

나라 걱정

．．．

　지금은 어떤지 모르지만, 내가 한국작가회의를 드나들던 때엔(아현동 시절) 작가회의 회의실 벽에 '不憂國非詩也(나라를 걱정하지 않는 건 시가 아니다)'라는 붓글씨가 액자에 담겨 걸려 있었다. 절제미와 균형 감각보다는 부드럽고 자유로운 자형에 묵직한 불균형적인 모양새를 하고 있는 걸로 보아 구양순체보다는 안진경체에 더 가까운 글씨였다. 낙관 인장 위에 '廣山(광산)'이라는 호가 적힌 것을 보니 문학평론가 구중서 선생 글씨가 아닌가 싶었다. 나중에 확인해보니 실제로 구중서 선생의 글씨였다. 그러면 그렇지, 라며 무릎을 치게 한 '너를 廣(광)'자와 구중서 선생의 이미지가 겹쳐졌다.

이 말은 다산 정약용이 강진에 유배 가 있을 때 고향의 아들들에게 보낸 편지 속에 있는 글이다. 언제나 그랬듯 지금도 나라 돌아가는 꼴이 심상치 않다. 누구든 느끼겠지만 시인은 특히 더 느낄 것이다. 시인은 흔히 탄광 속의 카나리아와 잠수함 속의 토끼에 비유된다. 카나리아는 호흡기 조직이 약해 공기 중에 독성이 있으면 바로 느끼므로 광부들이 탄광 속에 같이 데리고 들어갔단다. 카나리아가 위험을 감지하고 울면 광부들이 조심했다고 한다. 잠수함 속에 토끼를 넣은 건 잠수함의 산소가 희박해지면 토끼가 먼저 느끼기 때문이었단다. 지금 우리 사회에 독성이 퍼지고 있고, 산소가 희박해지고 있다. 시인들은 벌써 심각하게 느끼는 듯하다.

시인이란 우즈베키스탄에선 가슴으로 말하는 자이고, 옛 중국에선 조용하지 않은 자를 말했으며, 나아가 세상을 걱정하는 자를 일렀다. 그래서 '시(詩)'를 파자하면 말의 사원, 즉 거룩한 말이 되는 듯! 전통적으로 우리나라에서 이야기는 거짓말(그래서 이야기 좋아하면 가난하게 산다고 하면서 참말 할 것을 권유?)이고, 시는 노래이고, 참말[眞言, 正言]이라고 했다. 노래 속에 진실을 담아 퍼뜨림으로써 역사적 사건의 계기가 되게 했던 일을 짐작해보면 알 수 있는 일.

쓴다,,, 또 쓴다

아무튼 다산은 나라를 걱정하지 않는 건 시가 아니라고 했다. 좀 극단적인 말이긴 하지만 틀린 말은 아니다. 시인뿐만 아니라 보통사람들도 탄광 속의 카나리아나 잠수함 속의 토끼가 되는 시대다. 지금은. 우즈베키스탄이나 옛 중국의 시인에 대한 말도 맞는 듯. 대저 시인은 가슴으로 말하고 조용하지 않은 자이고 세상을 걱정하는 자인 듯!

밥값과 밥통

. . . .

    몇 해 전 어떤 문학 강의에서 이정록 시인의 산문 「짬뽕과 목탁」을 소개했다. 세상이 변해 지금은 스님들의 탁발을 금하지만, 탁발은 스님들의 오랜 수행 방식 가운데 하나였다.

    중국집에 스님이 탁발을 왔다. 주인아주머니가 못마땅해하며 천 원을 주었다. 스님은 그 천 원에 바랑에서 삼천오백 원을 더 꺼내 도합 사천오백 원짜리 짬뽕을 주문했다. 탁발을 먼저하고, 그 돈으로 당당히 먹을거리를 사 먹은 것이다. 중국집 주인아주머니의 낯도 풀렸고, 시주 받은 것이 곧바로 먹을거리가 되는 순간…….

그 글을 소개하는 순간 김종삼 시인의 「장편」이라는 시가
떠올랐다.

조선총독부가 있을 때
청계천변 십 전(錢) 균일상(均一床) 밥집 문턱엔
거지소녀가 거지장님 어버이를
이끌고 와 서 있었다
주인영감이 소리를 질렀으나
태연하였다

어린 소녀는 어버이의 생일이라고
십 전(錢)짜리 두 개를 보였다

김종삼, 「장편(掌篇)2」 전문

손바닥 크기만 한 장편. 그러나 울림은 손바닥보다 크다.
평소엔 동냥을 했지만 아버지 생일날은 돈을 주고 밥을 사 먹
는 소녀.

시주 받은 돈을 바로 먹을거리로 만든 스님. 필시 전에 동

냥 받았을 돈을 먹을거리로 만든 소녀. 스님은 목탁을 치며 염불하는 것이 밥값이고, 거지 소녀는 동냥을 하는 게 밥값이다. 그럼 학교에 다니는 아이들은? 밥을 잘 먹는 게 밥값이다! 어느 도지사는 아이들 먹는 거 끊어놓고 골프 출장 간 뒤 계속 헛소리를 했다. 학교는 밥 먹으러 가는 곳이 아니라, 공부하러 가는 곳이라고⋯⋯. 명토박아 이르건대 학교 급식은 무상급식이 아니다. 의무급식이다. 그러니 밥값을 못하는 밥통 같은 어른들은 먹는 거 가지고 장난치지 말길!

서정과 해학

·····

　한글날, 다시 공휴일이 된 날, 나는 한글로 칼럼을 쓰고, 작품을 다듬었다. 한글로 내 내면을 드러내고 한글로 내 세계를 잡아냈다. 한글이 아니었다면 나와 내가 속한 세계를 인식하는 방법이 사뭇 달랐을 것이다.

　예전에 어떤 글에서 내 글쓰기의 바탕은 '서정과 해학'이라고 용감하게 쓴 적이 있다. 서정과 해학이라……. 글감이 서정적인 것이면 철저하게 서정성을 바탕에 깐 묘사 등을 한다. 풍자나 골계미가 도드라진 이야기감은 해학성을 밑자리에 깐다. 이건 고향이 진도였기에 가능한 일인 듯.

　어렸을 땐 농사일이 무척 싫었지만, 어쨌든 산과 내와 바다가 어우러진 자연 속에서 어린 시절을 보냈기에 서정적인 감수성을 갖출 수 있었다. 진도는 또 워낙 비옥하고 땅덩이가 크다 보니 산세 험하고 땅이 거친 함경도의 삼수갑산보다 귀양자가 많았고 독특한 문화를 형성하게 된 바탕이 되었다. 그래서 판소리, 들노래, 일노래, 아리랑, 육자배기 등이 저절로 몸에 배게 되었으니. 그러기에 농담조로 나는 고향 팔아서 먹고 산다, 고 얘기한다. 이러한 게 바탕이 되었으니 아이들을 독자로 한 책도 적잖게 낼 수 있었고, 안 굶어죽고 지금까지 먹고 사는 성싶다.

지금도 일이백 개를 기억하는 진도아리랑 사설은 시집살이의 고단함, 농사일의 지겨움, 부부관계 등등이 아슬아슬한 노랫말에 들어 있지만 매우 해학적이다. 묘지에서 부르는 달구질노래 같은 건 차라리 흥겨움이고, 씻김굿은 어떠한가? 상여 나갈 때 부르는 만가 소리는 슬프지만 구슬프지만도 않다. 강강술래는 아예 춤곡이고, 강강술래의 사설과 춤을 익히면서 저절로 인문 역사 지리 같은 걸 어렴풋하게나마 꿰뚫게 되기도 한다.

이런 고향 배경에다 외국 문자보다 한글을 먼저 익히게 된 행운이 따라주어 작가로 살 수 있는 듯하다. 만약에 한 세대전에 태어났으면 일본 글자를 먼저 익히고 한글을 나중에 배워 내 개인 정서와 고향 문화를 오롯이 모국어에 담아내지 못했을 수도 있었으리라. 한글을 먼저 익히고 한자나 영어를 나중에 익히게 된 게 참으로 다행이다 싶다.

순수문학과 참여문학

············

    순수하다는 게 뭐지? 포도주는 잡것이 섞여야 풍미가 좋다는데, 순수하게 끓인 증류주엔 생명이 못 살고, 무균상태에서도 생명체가 못 산다는데. 근데도 사회 현실을 외면한 예술가들은 순수를 주장한다. 이들은 이른바 예술지상주의를 표방하며 순수문학을 주창한다. 하지만 그들은 자기 관념에 빠져서 난해시 등을 남발한다. 어쩌면 그런 난해한 글은 안 읽기에 독자 대중은 피해를 덜 받는다는 역설도 가능!

    이에 비해 참여문학 내지는 민중문학은 자신만이 옳다고 하는 고집이 대단하다. 그러기에 선동 시 등을 쓰기도 한다. 높은 산을 오를 때, 산 아래 기지에 있는 등산 대장처럼 굴며

대원들만 산에 갔다 오게 하는데 그것도 자신이 갔다 온 길로만 다녀오라고 하는 짝이다. 그 고집이 독자 대중에게 피해를 주기도 한다!

하여튼 순수문학이 있을까? 사람은 기본적으로 사람살이와 관계를 맺기에 애초에 삶은 참여적일 수밖에 없는데…….

작가는 기본적으로 타인의 삶에 공감을 하는 데서 글쓰기 출발을 한다. 그러면 내면의 타인도 잘 들여다보인다. 그래서 작가는 진정한 의미의 진보주의자는 아닐지라도 '진보적'일 수밖에 없으며 '참여적'일 수밖에 없다. 먼저 내 밖의 타인의 삶에 공감해야 자칭 순수문학파적인 관념에 얽매이지 않는다. 그래서 '현장'이 매우 중요하다. 현장은 자신의 시각을 교정할 중요한 공간. 현장을 자주 보아야 민중문학파의 등산 대장 같은 독선을 부리지 않게 된다.

가장 좋은 문학은 기존의 형식에 붙들리지 않고, 자신만의 방식으로 쓰는 일일 것이다. 문학은 쓰는 사람에 따라 다 다른 방식으로 쓰여질 수밖에 없다. 그러나 자기만의 방식과 내용이 언제나, 항상 옳다고는 하지 말 일이다.

쓴다„„ 또 쓴다~

문학이 위기라고 한다. 문학이 위기 아닌 적이 있었나? 구술문화가 문자문화로 전환된 이래 문학은 늘 위기라고 말해졌다. 그도 그럴 것이 옛날 옛적엔 눈으로 보는 문자문학보다는 입으로 구연되는 구술문학이 더 재미있었고, 현대에는 영상 매체까지 등장하여, 문자를 도구로 하는 문학을 위협한다. 지금 시점에서 보자면 문학만이 아니라 문학이 놓인 생태계 전체가 위기이다. 출판 환경의 변화, 독자의 호응도, 각종 시각 매체의 등장에 따라 문학은 이리 치이고 저리 치이는 신세가 되어 있다.

문학을 둘러싼 분위기가 자못 험악한지라 젊은 작가들일수록 위기감을 더 느끼는 모양이다. 그래서 젊은 작가들은 영상이나 인터넷 만화 매체에 눈을 돌려 그런 것의 장점을 문학에 도입하자고 한다. 기회 있을 때마다 그들은 문학이 더 시각적이어야 하고 감각적이야 한다고 말한다. 그런 주장에 대해 나는 '글쎄올시다'이다.

'문학은 문학이다'라는 게 나의 소견이다. 다른 장르에 얹혀가려고 하는 것은 이미 문학이 아니다. 그런데도 젊은 작가들은 다른 장르가 수용자에게 먹힌다고 말한다. 그들은 언필칭 독자의 취향이 변하였다고 말한다. 그런데 나는 고전적이게도 독자의 비위에 맞추려 하지 말고, 내 문학에 맞는 독자를 따라오게 해야 한다고 주장한다. 내가 문학 엄숙주의 내지는 문학 순결주의를 주장하는 걸까?

나의 이런 태도를 두고 고리타분하다고 하는 이도 있고 소통이 부족하다고 하는 이도 있다. 문학이 무슨 금과옥조냐며 비아냥거리는 소리도 들린다. 하지만 나는 내 글이 독자에게 공감을 사면 좋고 외면받으면 그만이지, 그 이상도 이하도 아니라고 생각한다.

문학의 위기 타개책이라는 게 고작 독자를 확보하는 것인가? 문학의 위기는 작가 자신의 작품에 있지 않을까? 문학의 소통은 단 한 명의 독자일지라도 그와 나누는 것이다. 문학작품이 영화가 되고 만화가 되는 건 별개의 문제이지 그게 장르간의 벽을 무너뜨리며 소통하는 일은 아니다.

농부는 밭을 탓하지 않고, 목수는 연장을 탓하지 않는다고 했다. 그러면 작가는? 작가는 독자를 탓하지도 않고 쓰는 도구를 탓하지도 말 일이다. 작가는 자신의 작품에 맞는 독자가 있으면 그만이다. 또 작가는 언제고 어디에서고 어디에라도 쓰는 사람일 테다. 그런데 독자를 따라다니고, 글을 쓰기 위해 어딘가로 가야 하고, 어떤 시간에만 글을 쓰고, 도구는 어째야 한다면? 그런 작가는 볼썽사납다. 평생 글을 쓸 준비만 하다가 생을 마칠 각오가 아니라면 피할 일이다.

나는 역발산기개세(力拔山氣蓋世)하지 못한다. 산을 뽑을 만한 힘에다 세상을 덮을 기세를 갖고 있기는커녕 작은 밥상도 엎을 만한 '배짱이나 기운'을 가지고 있지 못하다. 그럼에도 작가다. 시인적 기질, 소설가적 기질을 말하면 늘 언급되는 풍문 같은 말이다. 그런 기준으로 하면 난 도대체 작가가 아니다. 그런데 내가 생각하는 작가 기질이란 오로지 어떤 경우에도 독자를 의식하지 않고 그냥 쓰는 사람일 뿐이다. 그래서 나는 나를 늘 각성시키기 위해, 잘 쓰지도 않는 명함에 이

쓴다,,, 또 쓴다

말을 적어놓고 있다.

'쓴다,,, 또 쓴다~.'

이 말은 누구보다도 내 스스로에게 다짐을 두는 말이지만, 작가는 오로지 쓰는 사람이고, 자기만의 독자가 있는 사람이지 여기 기웃 저기 기웃하며 호객행위를 하지 않는 사람이다. 그런 까닭에 문학은 문학이다! 자본주의가 극에 이르러 모든 것에 신자유주의를 내세우지만 문학은 문학 고유의 영역을 지켜야 할 터이다. 나만의 독자가 있으면 절대 굶어죽지는 않는다는 각오로 작가는 작품에 힘을 더 써야지 글 이외의 것에 눈을 돌릴 필요는 없을 터이다. 근데 젊은이들은 자꾸만 문학 이외의 것에 손이 가는 모양이다. 예전에 어떤 과자 광고처럼 '손이 가요, 손이 가!'인 모양이다. 문학 외적인 것에 자꾸 손이 가면 문학을 그만두면 될 일이다. 내가 너무 나갔나?

언어도단

.·´

　언어도단(言語道斷)이라니? 말의 길이 끊어졌다는 얘기. 불립문자를 주창하는 선가에서만 이 말이 중요하게 여겨지는 게 아니다. 현실 생활에서도 늘 경험하는 일이다. 상대의 말이 너무 엄청나서 뭐라 대꾸할 수 없을 때, 상황이 너무 어이없어 말로 할 수 없을 때, 우리는 자주 할 말을 잊는다. 그리고 말로 굳이 할 필요를 못 느낄 때도 있다.

　인간이라는 존재는 뭐든 다 말로 설명하려 든다. 자신에 대해서는 물론 타인에 대해서도. 말이란 게 불완전한 줄 알면서도 그런다. 강연장이나 토론장에서도 자신에 대해, 자신의 행위에 대해 설명하려 든다. 듣는 사람은 별로 없다. 그런데도 열심히 설명하려 든다. 이것도 불완전한 인간의 속성일 터이다.

상과대학 다닌 사람이 문학을 어떻게? 시로 등단한 사람이 소설을 어떻게? 성인 문학('성인' 문학의 어감이 '성인' 영화처럼 이상하다고? 여기선 일반문학!)으로 출발한 사람이 동화와 청소년소설을 어떻게? 이런 질문, 늘 받는다. 그때마다 설명해야 할까? 사람의 일이란 재미로 시작한 일이 본업이 되는 게 많고, 우연이 필연으로 바뀌는 경우도 많다. 기독교식으로 얘기하면 다 하나님의 섭리일 테고, 불교식으로 얘기하면 전생의 인연이나 업 때문일 것이다. 우리식으로 쉽게 말하면 다 제 '팔자'다. 그런데 무슨 말이 더 필요할까.

대학 문예창작과에서 희곡 과목을 십 년쯤 강의한 경험에 따르면, 몰리에르Moliere는 희극이 비극보다 못하다는 당시 인식을 깨기 위해 희극을 썼는데, 몰리에르식으로 보면 인생은 희극적인 측면이 많고, 셰익스피어William Shakespeare식으로 보면 인생은 늘 비극이다. 그럼 베케트Samuel Beckett식으로 보면? 인생은 부조리 천지이다!

희극배우 채플린Charles Chaplin은 인생은 멀리서 보면 희극이고 가까이서 보면 비극이라는 말을 했다. 그러고 보니 발자크Honore de Balzac도 작품으로 보면 그는 분명 희극적이었지만(『인

간 희극』) 그의 삶은 비극이었다. 비극이기는 카프카^{Franz Kafka}
의 삶도 마찬가지. 그는 비극보다 더한 우화 방식으로 소설을
써 소설의 새로운 영역을 개척했지만, 그의 삶은 비극! 참 알
수 없고 앞뒤 안 맞는 게 인생인 듯. 나이 들어보니 인생은 비
극과 희극이 같이 있으면서도 비극만도 아니고 희극만도 아
닌 듯하다. 본디 삶 자체가 부조리해서 그런 게 아닐까?

연극 〈고도를 기다리며〉가 상연에 성공하자 기자들이 작
가인 베케트에게 물었단다. "근데 그들이 기다리는 고도가 누
구지요?" 베케트 왈, "나도 모르겠소!" 공연을 본 관객들은 저
마다 자신이 '기다리는 자'를 떠올렸을 '뿐'이다. 그들의 고도
는 '절대자, 님, 석방일…….' 아참, 〈고도를 기다리며〉는 교도
소에서 처음 공연했다. 그때 교도소에서 연극 공연을 해야 했
는데 교도소에 남자들이 득실거려서, 그들이 들떠 무대로 올
라가거나 하면 안 되기에 여자가 안 나오는 희곡을 찾다 보니
〈고도를 기다리며〉가 선택되었다는 후문. 이건 우연일까 필
연일까?

아무튼『고도를 기다리며』를 쓴 베케트도 작품 속의 인물들
이 기다리는 고도가 누구인지 잘 모른다고 대답했다. 그게 인
생 아닐까? 모르고 산다. 그러나 섭리이고 인연이고 업이다.

아니, 다 제 팔자다! 이렇게 말하면 당신은 결국 '운명론자'이
군요, 라고 딱지를 붙여주려는 사람이 있을 것이다. 그 사람
은 또 말로 단정하며 헤아리려 든다. 말이 얼마나 불완전한
데…….

　그

　런

　데,

　문학은 그처럼 몹시 불완전한 말, 즉 '언어'를 도구로 한다!

이름 모를 소녀

∴

30대 초반에 요절한 가수 김정호의 노래 〈이름 모를 소녀〉.

　버들잎 따다가 연못 위에 띄워놓고/쓸쓸히 바라보는 이름 모를 소녀/밤은 깊어 가고 산새들은 잠들어/아무도 찾지 않는 조그만 연못 속에/달빛 젖은 금빛 물결 바람에 이누나/출렁이는 물결 속에 마음을 달래려고/말없이 기다리다 쓸쓸히 돌아서서/안개 속에 떠나가는 이름 모를 소녀…….

　나도 이 노래를 학생 때부터 좋아했다. 이름을 모른다는 것과 소녀가 어우러져 묘한 느낌을 자아내는 노랫말. 소녀의 역할 내지는 뿌리는 참 깊다. 특히 그리스 신화에 뮤즈로 등장하는 소녀 자매들. 학예의 신. 예술가와 학자들에게 영감을 불어넣어주는 자매 신들. 요즘 들어선 특히 시인에게 시의 영감을 가져다준다고 회자되는. 그래서 시인들이 시가 안 써질 땐 늘 들먹인다. 뮤즈의 신이 찾아오지 않는다고……

이름을 모른다는 게 비밀스러워 신비한 느낌까지 자아내지만, 사실 문학 작품에선 이름을 몰라선 안 된다. 현실에선 온갖 새들과 꽃들의 이름을 몰라도 사는 데 아무 지장이 없지만, 작품에선 이름 모를 새들이 지저귀고, 이름 모를 꽃들이 피어 있다고 하는 건 성의 없는 하류 작가이다. 작가 정신이 투철한 이는 생물도감을 뒤지더라도 자신이 묘사하고자 하는 새와 꽃들의 이름을 알아내고 나아가 그 생태도 파악해야 한다. 한겨울인데 들에 꽃이 피게 할 수 없고, 미꾸라지에 살이 올라 추어탕을 많이 먹는 때는 언제인가 등을 파악해야 한다. 근데 온실과 양식이 일반화된 세상이라 작가 지망생들도 생물들의 생태 따위엔 관심 없으니, 이름이야……. 이러다 사람은 산부인과라는 데서 사온다고 하는 세상도 도래할지도 모른다.

어제 문학을 시작하는 학생들에게 여러분은 아마도 대부분

산부인과에서 사온 이들일 것이라고 우스갯소리로 말했지만 쓸쓸. 자신들의 '출생의 비밀'도 모르니, 새나 꽃들에게까지 이름을 붙여줄까? 그래서 노래패 '소녀시대'는 개개인의 이름 없이 아예 '소녀'라고 해버렸을까? 뮤즈 때문에 그랬을까? 하긴 음악이라는 꼬부랑말 '뮤직'은 '뮤즈'에서 비롯되었다는 설도.

이문구의 『우리 동네』엔 朴氏가 없다

어느 문학 강연에서 최명희의 『혼불』을 예로 들었다. 그랬더니 한 수강자가 읽기를 포기했다며 볼멘소리를 냈다. 풍속에 대한 묘사를 알아먹을 수 없다며……. 나는 내친 김에 이해하기 어려운 소설로 박상륭의 『칠조어론』을 추천하고, 이문구의 『우리 동네』 연작을 추천했다.

박상륭의 소설은 워낙 관념적이고 문장이 길어서 한 쪽 넘기기 전에 잠 들 수 있으므로, 수면제로도 맞춤이니까 밤마다 잠 못 이루는 분들은 읽어보라고 권했다. 박상륭 선생과는 이름이 비슷하다 보니 얽힌 일이 여러 번 있다. 가장 압권이었던 것은 내가 초등학교에도 들어가기 전인 1963년에 등단한 일이다. 어떤 참고서에서 작품은 내 것을 싣고 약력은 박상륭 선생 것을 실어 나는 '1963년 사상계 신인상 당선자'가 되어 졸지에 신동이 된 바 있다. 1963년에 나는 뭘 했을까? 죽마 타고 마을 골목을 누비고 다니던, 아직 한글도 모르던 때인데!

다음으로 이문구의 『우리 동네』를 권했다. 이 작품은 관념적이지는 않지만 1970년대의 농촌 사정이 묘사되었는데, 그 당시 풍속도 풍속이지만 이문구의 문장이 이해가 안 되는 게 많을 것이므로 어렵기는 마찬가지일 것이라서. 수년 전 대학생들에게 이문구 소설을 권했더니, 이문구 소설을 이해하기보단 『성문 종합영어』 따위의 영문 지문을 더 잘 이해하더란 말도 곁들였다.

『우리 동네』엔 '우리 동네 김 씨', '우리 동네 이 씨' 하는 식으로 소제목을 정해 연작이 되게 하여, '김 씨, 이 씨, 최 씨, 정 씨' 등 여러 성바지들이 나오는데 흔한 '박 씨'는 안 나온다. '박 씨'는 왜 안 나오는지, 1970년대의 박정희 대통령 독재 시대 배경을 살펴보는 것도 쏠쏠한 재미라는 말도 했다.

다른 강연에선 내 고향 바다에 수장된 세월호 이야기를 했다. 작가는 어떤 이야기에 사실이 부족하면 상상력으로 채우고, 기자는 있는 그대로 사실만 써야 하는데 기자들은 사실을 쓰지 않고 자기네들이 소설가인 줄 안다고 했다. 요즘 기자들은 가해자들의 입맛에 맞는 소설을 쓰고, 작가는 피해자들의 상황을 상상력으로 채운다는 이야기를 했다. 그런데 세월호는 작가가 상상력을 발휘할 필요도 없이 바로 써진다는 이야기를 했다. 기자들이 상상력을 발휘해 기사가 아닌 엉뚱한 소설을 쓰지만 내 처지에선 바로 소설이 써지더라는 얘기를.

2부

말의 속내

고갱이, 졸가리, 알맹이

.·.·.

    요즘 사람들은 잘 안 쓰는 말이지만, 고갱이는 풀이나 나무의 한가운데를 이르는 말로 사물의 핵심을 가리킨다. 졸가리는 잎이 다 진 나무의 가지를 이르는 말로 사람들은 졸가리보다 더 큰 말이기도 하고 소리내기에 더 편한 '줄거리'를 즐겨 쓰는 듯하다. 젊은 사람들까지 두루 쓰는 말로는 알맹이가 있다. 알맹이는 껍데기나 껍질로 싸여 있는 내용물을 주로 가리킬 때 쓴다. 어쨌든 세 말은 다 본질, 핵심, 전체 윤곽 등을 이르고 있다.

    미디어는 메시지라는 말이 있을 정도로, 본질보다는 어떤 매체로 전달하는가, 분칠을 어떻게 하는가 따위가 더 중요한 사회이기도 하다. 그러나 현상이 본질을 다 덮을 수는 없으리. 이른바 조중동과 종편이라는 이상한 언론(언론?)들이 아무리 창궐하여도 본질을 다 덮을 수는 없으리.

내가 삼십 년 다닌 단골 이발소의 이발사 아저씨는 늘 "돈이 사람을 따라와야지, 사람이 돈을 좋아해서 쫓아가선 돈이 안 벌린다."고 말씀하신다. 가위 하나 들고 서울에 와서 갖은 고생 끝에 4남매를 키우고 두 부부도 먹고 살았는데, 이제 칠십을 맞이하여 돌아보니 그 말밖에 할 말이 없단다. 이발사 아저씨는 사물의 핵심과 본질을 알고 있다. 무엇이 주가 되고 무엇이 종이 되어야 하는지를.

주/종 없이 뒤죽박죽으로 다 엉켜버린 형국이다. 본질은 놔두고(애써 외면하고) 곁가지를 가지고 딴청을 부리는 세상이다. 그저 꼬투리 잡기에 급급한 세상이다. 우리는 지금 이런 세상을 살고 있다. 광장이 필요한 까닭이다.

너무 어지럽게 돌아가는 판국이다. 지그문트 바우만Zygmunt Bauman에 따르면 오만 매체에 다 접속해 있는(노출되어 있는) 현대인은 '고독'을 잃어버렸다고 한다. 광장과 더불어 스스로를 돌아보는 고독도 필요하다. 카뮈Albert Camus는 사회가 갈라 놓은 사람들을 다시 결합시키는 순간은 '고독'할 때라고, 진작

에 설파했다. '고갱이, 알맹이, 졸가리'는 고독 속에 있다. 좀
더 고독해지자!

개고생하는 인문학!

...

    아무 데고 '인문학'이라는 말을 붙인다. '인문학적 글쓰기'라는 말은 점잖은 편이고, '인문학적 여행', '인문학적 걷기', '인문학적 생태', '인문학적 생활'까지 나왔다! 하긴 내 '북 콘서트'(명칭이 뭐 이럴까? '책과 음악', '책과 노래' 정도인데…….) 할 때도 '인문학이 있는 어쩌고저쩌고~' 제목이 붙은 적도 많다……. 인문학이 대중 속으로 간 건 좋은데, 인문학을 들먹이는 자들에게서 인문학 대세를 따르지 않으면 봉변당할 것 같은 폭력성도 같이 느껴진다.

    이러다간 자신의 정권이야말로 '도덕적으로 완벽하다'고 말했던 전 청와대 입주자 이 아무개 대통령조차도 자신의 지난

5년 대통령 노릇을 마침내는 '인문학적'이었다고 규정할지도 모른다. 사기와 협잡과 치부조차도 '인문학적 통치'라고 강변할 듯!

개에겐 미안한 말이지만(나는 요즘 '사람' 얘기에 신물이 나서 '개' 얘기를 주로 쓴다. 이름하여 개장수…….) 인문학이 '개고생' 이다! 인문(人文)이 '사람의 무늬'라는 뜻이라는 건 잘 알려진 얘기. 그래서 사람의 무늬를 지키기 위해 '인문학적 생태'에 맞게 닭과 오리 등을 생매장하는 걸까? 그들이 자체적으로 면역력을 갖추면 안 될까? 그들을 좁은 곳에 가두어놓고 항생제 따위로 속성 사육한 게 사람 아닌가? 하여간 머리 검은 짐승인 사람은 자기 위주로만 생각한다. 맞나? 그게 인문학인가? 사람 위주의 삶?

인문학은 자신의 행위에 적당히 문사철 당의정을 입힌 게 아니다. 또 엉뚱한 말과 행위를 정당화하거나 그럴싸하게 보이도록 하는 데 써먹는 게 아니다. 오만 인간들이 다 나서서 자신의 말과 글 모두를 인문학적 상상 내지는 실천이라고 강변한다. 이러다가는 경찰이나 검찰도 자신들의 맹목적인 충성을 '인문학적 충성'이라 할지 모르겠다. 법원도 이미 이상한 판결에 빠져 있다. 바로 보지 못하고 바로 말하지 않는 건 인문

쓴다,,, 또 쓴다

학이 아니다. 나를 따르라! 나만이 옳다! 그건 인문학이 아니고 돌격 명령이다. 욕하면서 배운다더니, 인문학 들먹이는 이들도 호통 치길 좋아한다. 따르지 않는 자들을 '개무시'하면서!

나는 인문학은 벌거벗은 임금을 보고 벌거벗었다고 말할 수 있는 '동심'을 갖추는 것이라고 생각한다. 그래서 기회 있을 때마다 동심을 들먹인다. 진정한 인문학은 실체를 정확히 보는 것. 정확히 본 것을 정확히 말하는 것이다. 오로지 사람을 위주로 하는 게 아니라 이 세상에 존재하는 삼라만상 모두를 주인으로 하면서. 하여튼 어른의 손을 타지 않은 아이들 눈에는 정확히 보이고, 본 대로 말하더라.

인문학은 일단 호통을 쳐서 기죽게 한 뒤 자신의 말을 듣게 하는 것도 아니고, 무조건 상처를 다 받아주며 치유해주는 것도 아니다. 오로지 실체를 있는 그대로 보게 해주는 것. 그러기 위해 문학, 역사, 철학의 고전이 필요한 것이지, 그 이상 그 이하도 아닌 듯.

공부 '그까이꺼'

도서관 잡지 《학교도서관저널》에서 '공부란 무엇인가'를 물어왔다. 그래서 다음과 같이 대답했다. 인생은 정답 찾기가 아니고 질문을 잘하는 것이기에.

몇 해 전 중고등학교 국어 및 문학 교과서 집필 작업에 참여한 적이 있다. 그때 교과서가 그다지 좋은 책이 아니구나, 하는 것을 느꼈다. 그렇게 느낀 까닭은 단원마다 붙여야 하는 발문은 반드시 정답이 하나로 나오는 질문을 해야 하기에……. 정답이 여럿 나오면 수업을 하기 어렵다고 현장 교사들은 한결같은 반응을 보였다. 그래서 답이 여럿 나오는 질문은 잘못된 질문이라 했다.

그러기에 더욱 시험공부는 쓸데없이 잘하거나 필요 이상으로 잘해서는 안 된다는 게 변함없는 생각이다. 몇 해 전 유행한 코미디에 빗대면 공부 '그까이꺼'…….

. . .

-인생은 질문으로 구성되어 있다

'공부 귀신', '공부 선수', '공붓벌레'…….

귀신이니 선수니 벌레니 하는 말이 공부 뒤에 붙어 있다. 이런 말이 붙었다는 건 공부가 특별 취급을 받는다는 얘기이다. 물론 이때 말하는 공부는 정답 하나만을 고르는 것, 즉 정해진 답을 잘 찍는 시험공부를 말한다. 정답 고르는 것을 '찍는다'고 하는 걸 보면 시험공부가 그다지 바람직한 공부는 아닌 듯하다. 그런데도 모두들 정답 찾기에 목을 매달고 있다. 하지만 인생은(전 청와대 입주자 이 아무개 대통령의 말하는 방식으로 하면, '내가 늙어봐서 아는데!') 정답을 찾는 게 아니고 좋은 질문을 하는 것이다. 다시 말해 인생은 정답이 있는 게 아니고 오로지 질문으로 구성되어 있다. 나아가 좋은 질문은 이미 정답을 품고 있기도 하다.

정답을 품고 있는 질문. 그런 질문은 어떻게 하는가? 이렇게 물으면 또 하나의 정답을 대려는 이가 있다. 그런 이들은 오로지 정답 찾기가 공부인 줄 알고 있는 '공부 귀신' 내지 '공부 선수', 혹은 '공붓벌레'들이다!

질문을 잘 하는 첩경이나 왕도는 없다. 다만 삶의 비의를 조금이나마 알고 살기 위해 우리는 진짜 공부를 해야 한다. 이렇게 말하면 다들 도를 닦거나 명상을 해야 하는 '마음공부'를 하는 것으로 짐작할 터. 하지만 모든 사람들이 다 도인이 되거나 성직자가 되어야 하는 것이 아니다. 또 그럴 필요도 없다. 그럼 어떻게 해야 할까? 책을 잘 읽을 일이다. 너무 쉽지 않은가? 도를 닦으라는 것도 아니고, 영성을 키우라는 것도 아니다. 그저 책만 잘 읽으면 된다.

그런데 책을 잘 읽기란 게 결코 쉽지 않다. 책을 읽는다는 행위는 책의 저자와 등장인물의 의도를 아는 일이다. 의도는 무엇 때문에 아는가? 좋은 질문을 하기 위해서다. 그래서 책은 읽은 사람마다 다른 결론을 낸다. 결코 하나의 의미만 추구하는 게 아니다. 저자도 모를 의미를 아는 것. 사실 그게 저자의 의도인지도 모른다…….

비극과 희극

....

지젝Slavoj zizek이 그의 책 『처음에는 비극으로, 다음에는 희극으로』에 이렇게 썼지 아마. '마르크스Karl Heinrich Marx가 말하길, 헤겔Georg Wilhelm Friedrich Hegel은 모든 거대한 세계사적 사건과 인물들은 두 번 나타난다고 말한다. 처음에는 비극으로, 다음에는 소극으로.' 그러면서 '세계사적 형상의 마지막 단계가 바로 희극'일 거라고 했다. 여기에 마르쿠제Herbert Marcuse가 한마디 더 하는데, '희극으로 반복되는 것이 원래 비극보다 훨씬 더 끔찍할 수 있다'. 요즘 더 실감하고 있는 말……

요즘 강연 '장돌뱅이' 노릇하느라 전국을 돌다가(지난 주 어느 날엔 하루에 팔백 킬로미터를 운전하기도) 어제 새벽에 밀린

신문을 한꺼번에 보는데 '희극으로 되풀이되는 게 원래의 비극보다 더 끔찍할 수 있다'고 한 마르쿠제의 말이 머릿속에 맴돌았다.

유신녀(청와대 입주자 박 머시기 대통령)의 유신 중독 내지는 아버지 중독이 심하다. 그가 국회에서 했다는 연설에서 라이방 박 시절을 여러 차례 되새겼단다. 그는 분명 '중독' 증상이다. 게임중독을 규제할 것이 아니라 이런 중독을 규제할 방법 없을까? 그는 아버지 품을 벗어나 성장하지 못했다.(이래서 소설은 기본적으로 성장을 다룰 수밖에!) 라이방 박에 대해선 박통이라 하며, '박통' 그러면 총통이 되고자 한 독재자가 자연스레 떠오른다. 그럼 지금의 박통은? 다시 박통의 시대. 먹통, 불통이 그의 장기인 듯……. 박통이라는 호칭에서 대부분의 젊은이들은 상상도 못할, 유신시대가 다시 떠오르는 건 어인 일? 비극이 희극으로 되풀이되고 있다. 끔찍하다.

쓴다,,, 또 쓴다

사람에게 중요한 것

.....

　사람마다 중요하게 여기는, 혹은 자기가 존재해야 하는 이유는 각각일 터. 어제 《어린이와문학》 토론회에 참석한 뒤 오늘 일정이 복잡하여 서둘러 돌아오는데 캄캄한 밤길에 운전대를 잡고 있자니, 문득 '사람한테 중요한 건 무엇일까?' 하는 생각이 들었다. 문학을 하겠다고 모인 저 사람들은 문학을 자기 인생에서 얼마만큼 중요하게 여기고 있을까, 하는 생각도.

　사람은 밥 먹고 살기 위해 하는 일도 중요하고, 밥 먹는 시간도 중요하고, 밥 먹는 시간 외에 하는 것도 중요할 터이다. 그랬더니 예전에 누군가가 꼽은 것이지만 나도 공감해 마지않는 것이 떠올랐다.

lavor(일/노동), liberty(자유), love(사랑), library(도서관/서재), libro(책), literature(문학)……. 로마자 알파벳으로 하니 모두 'l' 자로 시작되었다.

오스트리아 출신의 사상가 이반 일리히Ivan Illich는 인간의 '공생 도구' 세 가지로 '시, 자전거, 도서관'을 꼽았다지. 고개를 끄덕거리지 않을 수 없었다.

아름다운 우리말

김수영 시인은 생전에 자신이 아름답게 여기는 우리말 열 개를 든 바 있다.

'마수걸이, 에누리, 색주가, 은근짜, 군것질, 총채, 글방, 서산대, 벼룻돌, 부싯돌.'

지금 사람들은 잘 모르는 말도 있을 것이고, 전혀 실감이 가지 않아 의아한 말도 있을 것이다. 하지만 평생 경제난에 시달렸고, 언어 이전의 고통이 뭔지 알고 있으면서도 시 쓰는 일에 목숨을 걸었고, 자신의 욕망에 솔직했던 그가 택한 말을 보고서 고개가 끄덕여졌다.

언어학 전문가이자 기자 출신이면서 소설을 쓰는 고종석은

이를 본떠 자신이 좋아하는 우리말 열 개를 꼽아보기도 했다.

'가시내, 서리서리, 그리움, 저절로, 설레다, 짠하다, 아내, 가을, 넋, 술.'

역시 고개가 끄덕여진다. 고종석이 꼽을 만하다.

자신이 좋아하는 말 속에 자신의 정체성이 들어 있는 건 불문가지이기 때문에.

그럼 내가 좋아하는 우리말은 무엇일까? 나도 선배 글쟁이들의 흉내를 내본다.

'바람, 이야기꽃, 동무, 그러나, 그리메, 오래뜰, 밥, 나무, 오도카니, 맬겁시, 어스름.'

엥? 열 개가 넘네! 꼽아보려니 쉽지 않다. 이걸 누르면 저게 튀어나오고 해서……. 내가 좋아하는 말에 나도 모르는 내 모습이 담겨 있는 듯하다. 아무튼 지금은 이런 말이 좋다. 나중엔 또 다른 말을 꼽을지 모르지만!

양녀 아내, 와이프

.····

어제 어떤 이의 전화를 받았는데, 말끝마다 우리 '와이프'가 '커피숍'에서 어쩌고저쩌고하며 겨우 5분 통화에 '와이프'를 열 번도 더 넘게 들먹였다. 나는 듣다 못해 조용히 '그 사이에 양녀랑 다시 결혼했느냐'고 했다. 상대는 못 알아듣는 것 같았다. 전에 어떤 글에서도 이런 말을 한 적이 있다. 어떤 친구가 전화해서 '와이프, 와이프' 하는 게 몹시 거슬려 양녀랑 다시 결혼했느냐고 물었다, 고 했다. 나는 말 가운데에 외국어를 쓰면 심사가 몹시 뒤틀린다. 특히 '와이프!'

거리에서 보면 전엔 앞차 뒤창에 '아이가 타고 있어요', '까칠한 아이가 타고 있어요' 라는 글귀를 붙이고 다니는 운전자가 많았는데 요즘은 'baby in car'니 'baby in board'니 하는 걸 붙이고 다니는 차가 많다. 이런 말을 보면 짜증이 난다. '그래서 어쩌라고?'

영어 문제에 대해선, 누구나 다 아는 가수 조용필도 손 들었나 보다. 그도 이젠 심장이 두근두근 뛰는 게 아니라 '바운스 바운스' 한다면서 '헬로'를 외쳤다.

한때 영어 몰입 교육을 들먹였다. 내가 훈장 노릇 '해봐서 아는데', 영어로 강의하면 선생이고 학생이고 다 영어 잘할까? 천만의 말씀! 영어로 강의하면 교과서 내용을 벗어난 말을 하기 힘들다. 강의 중 옆길로 빠지는 건 흔한 일. 학생들은 선생이 옆길로 새 들려준 얘길 더 잘 기억한다. 근데 교과서 내용이 아닌 다른 얘기는 영어는커녕 우리말로 하기도 힘들다. 그런데 학생들은 선생의 곁다리 얘기로 진도 나간 본 얘기를 유추해낸다! 그도 그럴 것이 학생 자리에 앉아 있으면 누구든 십오 분을 넘겨 집중하기 힘들단다. 그래서 선생은 십오 분은 진도 나가고, 십오 분은 곁가지 얘기해주고, 십오 분은 떠들게 '그냥' 둔다. 그리고 십 분간 휴식! 초중고 수업시간이 사십오 분 내외인 이유가 다 있단다.

보통 사람은 외국인을 만나 영어로 말할 일이 일생에 한두 번도 없다. 영어로 말을 해야 할 필요가 있는 사람은 따로 훈련을 받으면 된다. 보통 사람은 독해만 하면 그만이다. 어떤 국회의원들은 우리말도 독해를 못해 엉뚱한 소리를 하는데 영어였으면 어떤 일이 벌어졌을까?

나는 당연히 영어 회화를 못한다. 말은 못하는데 한때는 영어 번역으로 생계를 꾸렸다. 소싯적에 시골에서 중학교를 다녀 막고 품는 식으로, 서당에서 한문 배우듯, 군내 여러 중학교에서 배우는 영어책을 그냥 외웠더니 문리가 좀 터졌다. 외국 갔을 때 영어가 필요하면 종이에 써서 보여주며 잘 돌아다녔다. 말을 굳이 할 필요가 없었다.

청와대만 들어가면 다들 영어를 비롯한 외국어 귀신이 못 살게 구나 보다. 유치원생부터 영어로 괴롭힘을 당하기 시작한 건 김영삼 정부 시절 세계화를 들먹일 때부터였다. 전 청와대 입주자였던 이 아무개 대통령은 소위 '노가대' 영어로 한 시대를 풍미했고, 박 아무개 대통령은 걸핏하면 통역 필요 없이 그 나라 말로 연설하려 했다. 김대중/노무현 대통령도 영어라면 한 수 접어주었으니, 그 아랫길에 있던 사람들이야 오죽했을까……. 나이 들어보니 그가 쓰는 언어가 그 사람의 정체성이더라!

오래전, 깨복쟁이 친구 하나가 운전면허를 딸 때 분통을 터뜨린 적이 있다. 중학교에 진학하지 않은 그가 운전면허를 따며 애먹은 것은 바로 영어 때문이었다. 자동차와 관련된 용어는 거의 영어더란다. 요즘 아파트 이름이 요상한 영어투성이인 것도 늙은 시어머니가 무슨 말인지 모르게 하겠다는 젊은 며느리들의 생각을 반영한 것이라, 고 농담조로 곧잘 말해진다. 설마!

쓴다,,, 또 쓴다

욕, 욕, 욕······

.·

어깨가 아파 일주일에 한 번씩 재활의학과에 다닌다. 몇 년 전에 오십견 비슷하게 아파 그러려니 하고 방치했는데 너무 아파져 병원에 안 갈 수가 없었다. 그때 석회화 건염이라 해서 치료를 받았다. 그 이후 자세 교정을 해야 근본 치료가 된다 해서 꾸준히 운동치료와 물리치료를 병행했다.

십 년 가까이 감옥생활을 하고 나온 김남주 시인은 생전에 "인간이 독하기는 독해. 감방에 바퀴벌레도 못 사는데 인간은 살거든!"이라는 말을 했다. 움직이는 것 중에서 지구에서 수명이 가장 길다는 바퀴벌레. 움직이지 않는 은행나무와 더불어 끈질긴 생명성이 들먹여지는 바퀴벌레. 오십 넘긴 뒤부터 여기저기 고장이 나기 시작하는 몸뚱이. 이제는 수선을 해서 써야 하는 나이. 무슨 기계를 오십 년 넘게 쓰겠는가? 인간이 독하기는 독하지…….

어제 병원 물리치료실에서 욕쟁이 할머니를 만났다. 내가 막 누워 물리치료를 받을 때 옆자리에 들어온 할머니. 물리치료실 직원이 찜질팩을 대주자 다시없는 친절한 목소리로 감사를 연발하고 시원하다며 직원을 칭찬! 한참 지나, 할머니는 혼잣말로 뜨겁다며 구시렁구시렁하더니 직원을 불렀다. 직원이 대답하며 다른 침대에서 보던 일 끝내고 곧 간다고 했다. 할머니, 갑자기 태도 돌변.

할머니 입에서 막바로 욕이 튀어나왔다. 에이 씨, 씨발, 이 따위 병원이 어딨어. 내가 수백 번 불렀구만(내 듣기엔 딱 한 번 불렀는데…….), 졸라 무시하네. 내가 원장한테 일러버려야지. 씨발년들. 개 같은 년들, 좆 같은 년들, 지미 씨발 염병지랄하네……. 자기가 아는 욕을 다 하는 듯했다. 근데 욕이 하나도 정겹거나 건강하지 않고 듣기에도 역겨웠다. 하여튼 조금 전의 태도와는 완전히 달라 나도 당황했다. 조금 있다 직

80   쓴다,,, 또 쓴다

원이 오자 언제 욕했냐는 듯이 나긋나긋하게 말했다.

요즘 어른이고 애들이고 마구 쓰지만 씨발은 씹할 → 씹팔 → 씨팔 → 씨발 → 씨불 → 씨바 → 시바 등의 음운변화를 거친 말로 여겨진다. 졸라는 좆나에서 출발하여 존나 → 졸라의 자음접변을 거쳤고. 지미 씨발은 지에미하고 씹할에서 변한 말. 그렇다면 무시무시한 말. 그 할머니가 알고 썼을까? 아닐 것이다. 아이들과 마찬가지로 '그냥' 썼을 것이다. 그런데 식당 같은 곳의 욕쟁이 할머니와는 달리 전혀 카타르시스도 되지 않고 오히려 눈살을 찌푸리게 하였으니, 그 할머니도 참!

장돌뱅이 노릇

한때 유행했던 노래의 노랫말 운으로 하자면, 강연 차 엊그제 광주 찍고 진도 찍고 담양 찍고 다시 서울로……. 진도 집에 들렀을 때 노모가 여동생이 사다준 생낙지(봉지에 바닷물까지 담아서)를 도마에 놓고 손질하며(어머니 말로는 '조스며') 말씀을 건네신다.

노모 : 보따리는 가벼운디 전국 여그저그 장돌뱅이맨치로 돌아
다니느라 너마 고상하네.
나 : 보따리 가벼운께 그냥 훌훌 다닐 수 있지라. 그나마 그런
보따리조차 없으믄 건달이제.

쓴다,,, 또 쓴다

노모 : 그라제만 장마다 댕기느라 너마 고상한께 그라제. 힘든
디 뭐한다고 또 늙은 에미 볼라고 집에 들렀냐. 내가 얼른 죽어
야 니도 고상 안하고 다른 자석들 고상도 안 시키는디.
나 : 그런 말씀 마쇼. 어무니가 집 지키고 계신께 집에도 들르
고 좋구만.
노모 : 내가 없으믄 여그 힘들게 뭐 할라고 오겄냐? 자석이야
백 번 보든 천 번 보든 봐도 봐도 안 물키제만, 닳아질까비 쳐
다보기도 아까운 것이 자석이제만.

예전에 어렸을 때, 모내기철에 소가 지치면 낙지를 한 동이
갖다가 소에게 먹이면 누워 있던 소가 벌떡 일어나 다시 무논
으로……. 초식동물도 육식을 할 수 있다는 것도 알았고, 낙
지가 힘을 나게 하는 것이라는 것도 알았고, 소도 먹을 만큼
낙지가 흔했다. 이제 귀한 몸이 된 낙지. 노모는 내가 얼마나
지쳐 보이면 낙지를 먹이려 하셨을까?

주어가 없다고?

.·.·.·.

영어에서 행위의 주체를 나타내고 싶지 않을 때나 밝히고 싶지 않을 때는 수동태 문장을 쓴다. 또 말을 듣는 자에게 기분 나쁜 소리를 해야 하거나 자기 주장을 내세울 때에도 주로 수동태 문장을 쓴다. 영어에 수동태 문장이 많은 건 타동사를 많이 쓰기 때문이지 싶다. 우리말은 주어를 굳이 쓰지 않아도 된다. 능동적 표현으로 해도 된다. 주어를 안 써도 주어가 무엇인지 다 안다.

얼마 전 8·15 때 일본국의 아베라는 자가 이른바 '아베 담화'를 발표했는데 주어 없이 두루뭉수리 넘어갔다. 한반도를 식민 지배하고 침략한 주체를 명확하게 드러내지 않았다.

그런데 수동태 문장을 비롯, 주어가 없는 문장을 즐겨 쓰면 '유체 이탈 화법'을 구사하게 되는 게 필연이다. 유체 이탈 화법의 달인은 국정농단으로 감옥 가 있는, 전 청와대 입주자 박 아무개 대통령이다. 아베가 거기서 배웠을까? 아, 하나 더 있다!

박 아무개 대통령보다 청와대에 먼저 입주했던 이 머시기가 대통령 후보로 나섰을 때 BBK를 설립했다는 광운대 동영상이 나오자 당시 한나라당 입 노릇을 하던 나 아무개가(그때부터 이 사람의 별호가 국민 Xㄴ이지, 아마……. 이렇게든 저렇게든 국민 Xㄴ이 되어 알려져서인지 지금도 국회의원을 하더군……) 하는 이가 BBK를 이 머시기 자신이 설립했다는 '주어가 없다'고 하여 실소를 자아냈다. 아무래도 아베는 거기서도 보고 배운 듯하단 말이야.

죽을 각오로 살라고?

∴∴

최근에 여러 죽음이 있었다. 생활고와 병고에 시달리다 동반 자살한 세 모녀, 벽 같은 현실을 이기지 못하고 절망하여 자살한 정당인……. 그밖에도 많은 죽음이 있겠지만 신문 한 구석에도 알려지지 않는다. 기실, 우리 사회의 자살은 타살이다. 죽을 각오로 살라, 오죽하면 목숨을 버렸겠느냐, 이런 말모두 위안이 되지 않는다……. 죽어보지 못한 처지에서 죽음에 대해 무슨 말을 할 수 있으랴. 그래서 오래전에 이런 괴상한(?) 시를 쓰기도 했다.

나는죽어야한다나는죽을것이다아니나는

죽어있다죽음을가지고이렇게떠들며놀수

있다는것은내가아직도살아있다는것이다

겨울하늘에서언제나눈이오는것은아니다

죽음을죽음으로느껴야할땐이미죽어있다

「겨울하늘에서 언제나 눈이 오는 것은 아니다」 전문

맞는 말이긴 하다. 살아 있으니까 죽음에 대해 이러쿵저러쿵하는 것이지 죽어 있다면 무슨 말을 할 수 있으랴. 그래서 이른바 '쾌락 철학자' 에피쿠로스Epikuros는 살아 있을 때 이런 말을 했다. "죽음은 아무것도 아니다. 우리가 존재하는 한 죽음은 우리 곁에 없다. 죽었으면 우리는 존재하지 않으니까……."

그들의 죽음에 대해 산 자들은 책임이 없을까? 그들 개인만의 탓일까? 유마거사는 중생이 아프니까 자신도 아플 수밖에 없다고 했다. 같은 논리대로 하면, 사회가 아프니 개인도 아프다. 사회가 죽었으니 개인도 죽을 수밖에 없다. 사회가 죽었다. 모든 자살은 더러 타살일 수밖에……

청춘예찬

.···

    우리 또래가 고등학생 때 배운 국어책에는 민태원의 수필 「청춘예찬」이 실려 있었다.

    '청춘! 이는 듣기만 하여도 가슴 설레는 말이다'라는 말로 시작하여 뭇 청춘들의 가슴을 설레게 한 글. '청춘'이라는 말은 왜 듣기만 하여도 가슴이 설렐까? 그건 나이가 들어보면 다 아는 것이라 굳이 따져볼 생각은 없다.

    '청춘' 시절이 좋은 점은 많이 있지만, 무엇보다 '사랑'을 할 수 있어 좋으리라. 그 시절엔 무엇을 하든 결국 '사랑'에 귀착된다. 그래서 '사랑! 이는 생각만 하여도 온몸이 찌릿해지는 말이다'로 바꾸어도 무방하리라.

그 당시 고등학교에 막 들어갔을 때 인기 높았던 영화 가운데 하나는 〈러브 스토리〉였다. 부잣집 머시마와 가난한 집 가시나의 뻔한 관계, 즉 '신데렐라성' 이야기이지만 그 당시 청춘들은 두 연인의 출신 배경보다는 대사에 '훅' 갔던 것 같다. '사랑은 절대로 미안하다는 말을 하지 않는 것'이라는……(Love means never having to say you're sorry……). 이젠 기억이 가물가물하지만 가시나 '제니(?)'가 병석에서 죽어가며 내뱉은 그 한마디 말의 의미를 알기 위해 광주 충장로의 '삼복서림'이며 계림동의 헌책방 골목가를 뒤져 에릭 시걸Erich Segal의 책 『러브 스토리』를 구한 기억이 난다: 오로지 그 한 구절을 보기 위해서…….

이미 〈러브 스토리〉를 본 청춘들은 당시 인기 높았던 임예진, 전영록, 이덕화 등이 나오는 고교 청춘물 영화에 대해선 '유치'의 극치라며 혀를 찼다. 그래도 청순가련하게 나오는 임예진의 '모양'을 보고 '껄떡거린' 청춘들이 많았다. 요즘 아이들은 전영록을 그들이 어렸을 때 본 만화 영화 〈둘리〉에서 어떤 등장인물(마이콜?)이 부른 "사랑은 연필로 쓰세요. 쓰다가 틀리면 지울 수 있으니까요~"의 가수로만 기억하고, 이덕화는 '가발' 광고로만 기억하지만, 당시 청춘들은 그들의 '유치함'까지도 부러워했다. 한편에선《동아일보》의 백지 광고 사태, 혹독한 교련 검열의 시대였지만, 청춘들은 '사랑'과 '유치함'에 열광하며 시대를 건넜다.

이미 그때 나훈아가 "사랑은 눈물의 씨앗~"이라고 목청 높여 노래했건만 사랑에 눈먼 청춘들의 귀엔 그 노래가 들어오지 않았다. 사랑하면 눈물조차 좋은 건데 뭘 그러느냐는 표정들이었다. 또 이미자는 당시 인기였던(대부분 집에 텔레비전이 없어 그 연속극은 보지 못했지만 풍문으로 인기가 높은 줄은 알고 있던) '테레비' 연속극 〈여로〉의 주제가에서 "무심한 강바람에 흰머리 나부끼며~"라고 노래했지만 그땐 남 얘기일 거라 생각해서 감동이 별로였다. 근데 지금 그때 사랑에 목을 매달던 까까머리 청춘들 모두 흰머리 나부끼고 있으니…….

청춘의 '사랑'과 '유치함'은 무엇보다도 글을 쓰게 했다. 당시 인기 있었던 라디오의 밤 열 시 프로에 편지를 보낸 녀석들(뒷날 학교에 가면 그들의 '유치한' 사연을 알 수 있었다!)도 많았고, 밤새워(학교에 와서도!) '유치한' 연애편지를 쓴 녀석들이 많았다.

글이란 게 묘해서 글은(라디오 애청자 편지든 연애편지든 소설이든!) 쓰는 과정을 통해 고통도 가시게 하고, 자신을 돌아보게 하고, 현실의 진실을 꿰뚫어보게 한다. 그렇다면 그때의 청춘들은 이미 사랑의 고통도 알고 있었고, 자신의 위치도 알고 있었고, 현실의 진실도 알고 있었을까? 그랬다면 지금의 청춘들도 마찬가지겠지?

취미

．．．

　예전엔 이력서 따위나 무슨 호구조사 시 '취미'란에 '독서'를 쓰는 사람이 많았다. 그때 사람들은 사람이면 책 읽기는 '취미로나마' 해야 할 듯한 강박이 있었다. 그런데 지금은 독서가 취미가 아니다. 생계가 달린 사람들만 책을 읽는 듯싶다.

　지하철을 타서 보면 모든 사람이, 늙은이 젊은이 할 것 없이 거의 다 '스마트폰'이라는 전화기에 고개를 파묻고 있다. 나는 그게 보기 싫어 눈을 감고 있다. 서서도 눈을 감는다. 눈을 뜨면 옆 사람 전화기 화면이 내 눈에 다 들어와, 그이가 '지금 무슨 짓을 하고 있는지' 알 수 있기 때문이기도 하다. 그 사람은 그런 것 의식하지 않는지도 모른다. 그러니 킬킬거리며

보겠지. 하여튼 내 노파심은 나를 묘한 쪽으로 보호하고 싶어
한다.

지금 사람들의 취미는 무엇일까? 전화기 가지고 노는 것?
인터넷에 댓글 달며 남 놀리는 재미? 사람마다 취향은 다르겠
지만, 내 보기엔 그 취향이 비슷해지는 것 같아 걱정이다. 그
런 내 취미는? 무취미⋯⋯. 나는 취미랄 게 없다.

아이가 게임을 즐겨하기에, 뭐가 그리 재미있는가 하고, 나
도 알면 재미있을 것 같아 좀 가르쳐달라고 했더니, 그러면
아버지는 일도 안 하고 게임에 빠질 것이니, 우리 먹고사는
게 걱정이어서 안 된단다. 그래서 나는 게임도 취미삼아 배울
수 없다.

어려선 자전거포에서 시간당 오 원 주고 자전거를 빌려 그
것 타는 재미에 빠졌다. 그러나 이내 곧 자전거 타기를 그만
두었다. 나란 사람은 어디에 빠지면 '뿌렁구' 뽑듯이 파고들더
라. 그래서 바둑도 화투도 당구도 애초에 배우지 않았다. 자
칫 그쪽으로 바닥을 파고들까 봐서⋯⋯. 그러고 보니 참으로
재미없는 사람이 되고 말았다. 근데 나이 들고 보니 그 재미
없음이 더 재미있다. 이 말은 나이 든 사람들은 아시리라! 동
양화에서 여백도 그림이듯이!

책을 읽고 책을 쓰는 사람이 되지 않았다면 나무를 요리저리 다듬어 물건을 만드는 소목이 되었을지 모른다. 젊었을 땐 무거운 책을 넣는 책장은 직접 짜서 만들기도 했다. 어쩌면 택시나 버스 운전기사를 하고 있을지도 모른다. 젊은 시절 운전면허 시험 볼 때(보일러 수리 같은 다른 기사 자격증이 없어) 기왕이면 대중교통 운전할 수 있게 운전면허라도 1종을 따두자 해서 그리했던 기억이 난다.

가수 심 머시기 노래에 〈사랑밖에 난 몰라~〉가 있던데 이쯤 되면 나는 '글밖에 난 몰라'가 되려나. 화장실에 갈 때도 책, 잠들기 전에도 책……. 근데 글 말고 다른 것에 정을 붙였다면 글 쓰는 일은 일찌감치 물 건너갔을지도 모른다. 진도 출신이라고 낚시 방송에 끌려가 낚시하는 시늉도 했지만, 해보니 내게 낚시는 더더욱 취미가 되기 어렵더라.

희미한 옛 제자의 그림자

. . . . .

"박 선생이십니까?"

'누구지? 내가 박 가인 건 맞는데, 나이 든 목소리인데…….
출판사 직원도 아니고, 학부모?'

누군지 얼른 감이 잡히지 않아 머뭇거리는데,

"나, ○○ 엄마요."

누구 엄마라는 소리는 들었지만, 여전히 '누구'인지 얼른 파
악하지 못했다.

'엄마라고? 학부모구나. 학부모한테 전화 받을 일이 없는
데, 전화를 잘못했구나…….'

다시 성까지 붙여서 소설 쓰는 누구 엄마라고 해서야 알아

들었다.

그는 십 년도 넘는 저쪽 세월의 '옛 제자'였다. 제자라고 하지만 입학 당시에 이미 칠순이어서 선친과 나이가 같았다. 칠순의 나이에 대학을 들어와서 학생들의 평균 나이를 많이 올리기도 했지만 문학 답사 같은 걸 가면 어린 학생들보다 더 씩씩하게 산에도 오르고 했다. 그는 소설 쓰는 'ㅅ'의 어머니이다. 그는 꼭 누구 '엄마'라고 했다. 나는 '어머니'라고 했고. 학생들은 '할머니'라고 했고…….

어떤 잡지를 보는데 내 글이 실려서 그걸 읽다가 반가워 전화했단다. 설 전후해서 따뜻한 밥이나 한 끼 하자고 했더니, 딸 따라서 캐나다 여행 갔다가 두 달 뒤에 귀국하니 그때 먹자고 하신다. 지금 팔십도 훨씬 넘으셨을 텐데 비행기를? 순간 시골의 어머니가 떠올랐다. 우리 어머니는 버스도 못 타시는데…….

몇 해 전 스승의 날 때 '할머니'랑 같은 동급생이었던 어린 학생이 '할머니'랑 아직 연락을 한다는 소식을 전해왔다. 나는 다짜고짜 그럼 할머니랑 같이 식사하자고 했다. 자칫 장례식장에서 영정사진으로 만나야 할지 몰라 살아생전 밥 한 끼라도 나누자고 한 것이다. 마침 작업실에서 가까운 도시에 거처

하시기에 내가 그리 갔다. 내 차에 타실 때, 우리 어머니처럼 부축해야 하겠지 했는데, 차에 가뿐히 훌쩍 올라타셨다(차체가 좀 높은 차인데도……).

벌써 여러 해 전, 서울 외곽의 어떤 도시에 있는 고등학교에 강연을 갔다. 강연 전에 교장실에 들렀다. 당시 한창 인기 높은 피겨 스케이팅의 김 머시기 선수 모교이다. 교장실엔 그녀가 받아온 트로피가 잔뜩 진열되어 있었다. 교장은 하나하나 설명을 하면서 자랑을 하는데 난 그쪽에 관심이 없어서 무심코 들었다.

강연 끝나고 학생들이 들고 온 책에 '사인'을 해주는데, 남학생 두 녀석이 곁에 와서 머뭇머뭇했다. 그러더니 한 녀석이 대뜸 "혹시 소설 쓰는 ㅅ 선생 알아요?" 하고 물었다. 안다고 했더니 옆에 있는 친구를 가리키며 "얘가 그 집 아들이에요" 했다. 그러고 보니 닮았다. 근데 내 입에선 'ㅅ'의 안부보단 '할머니는?'이라는 말이 더 빨리 뱉어졌다. 아마 학교에서 내 강연이 있다고 미리 학생들에게 알리자 손자가 할머니에게 말을 했고, 할머니는 인사하고 오라고 한 모양이었다.

어떤 시는 시의 내용과 상관없이 제목만으로 여러 생각을 하게 한다. 4·19를 겪은 이들의 현재를 노래한 김광규 시인의

「희미한 옛 사랑의 그림자」도 그렇고, 자신의 시를 이해하지 못하는 독자들을 나무라는 박남철 시인의 「독자 놈들 길들이기」도 그렇다. 나는 재미없는 책을 펴내면서도 늘 '독자 놈들을 길들이고 있고', 엊그제는 「희미한 옛 사랑의 그림자」 대신 '희미한 옛 제자의 그림자'를 떠올리는 일이 있었다.

3부

사
람
은

무
엇
으
로

사
는
가

'싸가지'를 생각함

∴

요즘 참 '싸가지 없는' 종자들이 많다. 마치 누가 누가 더 싸가지 없는가를 경연하는 것 같다. 굳이 싸가지 없는 종자를 일일이 거명하지 않아도 될 터. 정치꾼, 기업꾼, 유명인, 주변 사람들에게서 너무나 많이 볼 것이기에…….

싸가지라는 말은 '싹아지'에서 오지 않았을까? '아지'는 어리거나 아직 싹인 상태를 가리키는 말이기에……. 싸가지는 싹수에서 온 말이기도 하기에 싹수없다는 건 결국 싸가지 없다는 말!

개의 새끼는 강아지, 소의 새끼는 송아지, 말의 새끼는 망아지. 돼지는 돝아지가 돼지로 변해 새끼 어미 할 것 없이 통하게 되었고……. 닭의 새끼를 병아리라고 하는데, 이때 아리는 아지가 변했을지도. 새앙쥐도 처음엔 쥐의 새끼를 일렀을 테고. 그럼 사람의 새끼인 아기는? 아기는 아지의 변한 말 아닐까?

하여간 '싸가지 없다'는 말의 역사는 오래되었다. 기원전 2,000년 무렵 티그리스강 유역에서 일었던 메소포타미아 문명의 한 기록엔 노인들이 젊은이들 보고 '말세를 보여주는 존재'라고 한탄했다 하고, 고대 이집트 벽화에는 '요새 젊은 것들은 예의가 없다, 말세야 말세!'라고 적혀 있단다. 다른 벽화에도 젊은이들은 요샛말로 '싸가지'가 없다고 적혀 있다는데.

예전에는 어리니까 싸가지 없었다는데, 요즘은 나이든 이들이 더 싸가지 없는 경우가 많으니, 참. 그렇다면 그들이 하는 짓이 어리거나 싹이 제대로 틔지 않았다는 얘긴데…….

감기와 해일

. . .
 . .
  .

소싯적에 하도 아픈 데가 많아 골골했다. 불면 날아갈까 만지면 부서질까 싶어서였는지 그간 감기도 '골골 나'를 봐주었다. 그런데 이번엔 봐주지 않아서 상당히 여러 날 고생했다. 사실 우리 몸은 감기 몸살을 적당히 앓아야 한다. 그래야 더 큰 병에 대한 저항력 내지 면역력도 생긴다. 근데 우리는 조금만 아파도 못 견뎌 한다. 기침이 나면 기침 멈추게 하는 약, 열이 나면 열 덜 나게 하는 약, 머리가 아프면 머리 안 아프게 하는 약, 설사가 나면 설사 멈추게 하는 약……. 우리는 거의 매일 약을 입에 달고 산다. 약을 먹는다고 완전히 나아질까? 차라리 적당히 끙끙 앓는 게 나은 듯. 하지만 아플 땐 약 찾는 게 인지상정. 앓고 나면 몸이 개운해지는 줄 알면서도.

바다도 가끔 해일이 나서 뒤집어져야 바닷속 생태계가 건강하게 유지된다고 한다. 몸이 아프다는 건 역설적으로 건강하다는 증거일 수도 있다. 우리 속담에 '고시랑 팔십(골골 팔십)'이라는 말도 있지 않은가! 너무 건강하다는 건 건강하지 않다는 말과 같다는 것! 강한 것은 부러지기 마련. 적당히 아프며 살자. 감기 몸살은 내 몸의 생태계를 유지하려는 자연법칙이라 여기고. 감기 몸살 덕분에 '넘어진 김에 쉬어가는 셈 치고' 잘 쉬었다. 바빠서 죽을 틈도 없다고 엄살 아닌 엄살을 부렸던 내가.

무슨 기계를 육십 년 가까이 쓸 수 있을까? 사람이 독하기는 독하다. 오십 년을 넘어 이제는 육십 년에 더 가까운 몸이 아픈 건 당연한 일. 옛날 삼사십 년 전 군대 수송부 구호처럼 '닦고 조이고 기름'치며 사는 수밖에 없다. 이젠 낡은 몸뚱이 달래고 얼러가며 '닦고 조이고 기름치자!'

어려선 서른 살은 넘게 살아야지, 그다음엔 마흔 살은 넘게 살아야지, 했다. 지금은 그런 욕심도 없다. 허나 분명한 건 이미 요절할 나이는 지났다는 것이다. 친구들 가운데 벌써 유명을 달리한 벗들이 많다. 벗들은 '요절'했지만 나는 지금 죽으면 '자연사'이리라. 이제 아름답게 늙어갈 일만 남은 것 같다. 사는 게 사실은 늙는 거지만. 그렇다면 아름답게 살아야 하는구나!

그리움의 거리

· · · ·

배추나 상추를 너무 빽빽이 심으면 자라지 않는다. 적당한 간격이 지게 솎아주어야 한다. 나무도 마찬가지. 적당한 거리가 있어야 햇볕을 잘 받아 잘 자란다. 그러기에 나무도 너무 빽빽하면 간벌을 해준다. 햇볕이 필요 없는 콩나물시루만 빽빽하다. 그래서 콩나물 교실이란 말도 생겼겠지. 사람이 너무 붙어 있으면 오히려 다툼만 생긴다. 사람 사이에도 그래서 그리움의 거리가 필요하다.

설 명절을 맞아 오랜만에 일가친척들이 만나고 다시 헤어졌을 것이다. 오랜만에 만나니 더 반가웠을 터. 그런 차원에서 보면 부모 자식 간, 형제 간에도 그리움의 거리는 필요한 듯싶다.

이상은 그의 자전 소설 『실화』에선가 이런 말을 했지? '사람이 비밀이 없다는 것은 재산 없는 것처럼 가난하고 허전한 일이다.'라고. 사람은 적당히 비밀이 있어야 마땅하다. 그래야 오히려 건강하고 존경심과 연민을 간직하게 된다. 선지자를 고향에선 알아주지 않는 것도 어쩌면 가까이 있는 사람들은 그의 '민낯'을 낱낱이 다 알고 있어선지 모른다. 그는 자신만의 비밀을 간직하기 어렵다.

카프카가 생전에 1천 통이 넘는 편지를 쓴 게 밝혀졌다. 내 보기에 카프카는 편지를 씀으로써 타인과 일정한 거리를 유지하지 않았을까? 편지가 오히려 더 가까워지지 않게 한 듯하다. 자신과 타인과의 관계를 돈독히 하면서도, 역설적이게도 둘 사이의 간격을 일정하게 유지해주는 편지. 요즘은 트위터나 페이스북이 그런 역할을 한다. 그런데 페이스북 등에서 타인과의 거리가 유지되기는커녕 글쓴이의 '노출증'이 너무 심해 보기에 민망한 경우가 많다. 타인은 몰라도 되는, 타인이 관심을 갖지 않는 것도 알려주려고 성화다. 어쩌면 다들 외로워 그럴 것이다. 하지만 외로울수록 그리움의 거리는 더 필요한 듯. 그리움이 있어야 뭐가 되어도 된다!

오래전에 이런 생각을 담아 시 한 편을 썼다.

흔한 것은 귀한 것이 아니듯
가까이 있는 것은
그리움이 아니다

닿지 않을 듯한 거리를 두고
이름을 이름을
노래로 부를 때
그리움은 더하는 것

여러 가지로 살려하지 않고
오롯이
하나의 무엇으로
살아갈 때
나머지 무엇은
그리움으로 남아
뿌리에서 가장 먼 자리에
꽃 되어 피어오른다

꽃이야

별이 아니어도 좋고

그리움은 이슬보다

바람을 닮는다

「뿌리, 꽃을 보다」 전문

나는 사장님이 싫어요!

옛날 가요 가운데 명동에서 사장님을 부르면 다들 돌아본다는 노래가 있었다. 전후엔 누구나 사장이 되고 싶었던 모양이다. 게다가 '유학을 하고 영어를 하고 박사호 붙여야만 남자인가요'라는 노래도 있었다. 이건 지금도 마찬가지. 심지어는 영어 발음 때문에 혓바닥 수술도 한다 하고 젊은이들 사이에 영어 연수는 예삿일이 된 지 오래다. 안 좋은 것의 전통은 오래되었다. 여기에 덧붙여 사장님도 다시 살아나고 있다!

직장에서 조기 퇴직한 이들이 가게를 차려 사장님 소리를 듣게 된 건 그렇다 치고, 문제는 일반적인 호칭으로서의 사장님이다.

어디를 가든 '사장님' 하고 부른다. '아저씨'라는 말은 아예 모르는 모양이다. '손님'이라는 말도 있는데…….

아저씨는 아버지와 항렬이 같은 남자 어른을 부르던 말이었지만, 그 외 어른에게 붙여도 좋은 말로 여겨진다. 병원에 가면 간호사가 '아버님' 어쩌고저쩌고하는데 그 말도 그다지 듣기 좋지 않다. 식당에서 여종업원을 남정네들이 무작정 '언니', '이모' 하고 부르는 것도 볼썽사납기는 마찬가지.

학창 시절 때 어떤 녀석이 세상에서 가장 듣기 좋은 말은 '~빠'가 들어간 말이라고 했다. 그러면서 '아빠', '오빠'를 예로 들었다. 그래서 그런지 〈아빠의 청춘〉 노래도 있었고, 어떤 가수의 열성 지지자에겐 '오빠 부대'라는 호칭을 붙였다. 그러다가 세월이 흐르니 '노빠'니 '황빠'니 하면서 '~빠'가 마니아 내지는 광신적인 지지자 호칭이 되어버렸다.

우리말 호칭이 어렵긴 하다. 그렇지만 나는 사장이 아니다. 사장님이 싫기도 하다. 아저씨로 불러주었으면 좋겠다. 어떤 사람은 자기는 교수인데 선생님이라고 불렀다고 야단을 편 '얼빠진 인간'도 있다. 사실 교수는 부르는 말이 아니고 학문을 '교수'하는 직책이다. 이 방식대로 하자면 초중고등학교 교원들은 '교사님'이라 해야 할 것이다. 그리고 백 번 양보한다 해도 선생님이 교수님보단 더 높인 말이다.

높여 부른다고 요즘은 주부에겐 주부님, 손님에겐 고객님이라 하고, 변호사 직무를 수행하는 이에겐 변호사님이라 하듯이 아무 데나 '님'자를 붙인다. 하긴 '학생님'도 있는 세상이긴 한다. 나는 작품집 제목에 '개놈'이 아니라 '개님'이라고 붙인 적도 있다.

'남자'라는 '문제적' 사람

서울 지하철 강남역 부근의 어떤 화장실에서 여자라는 이유로 낯선 남자에게 칼부림을 당해 죽은 여자의 추모 열기가 뜨겁다. 이는 여자 문제인가? 남자 문제인가? 사람의 문제인가?

대학 훈장직에서 정년퇴임한 뒤 지금은 소설 쓰는 일에만 전념하고 있는 어느 소설가가 정년을 맞이할 무렵 후배 내지 제자 격인 문인들에게 한말씀 하셨다.

"지금 돌아보니까 남자의 일생은 평생 여자한테 거짓말하는 일생이야."

그 말에 모든 이들이 고개를 끄덕인 걸 보면 다 제 나름대로 자신의 '거짓말'에 대해 생각하였는지 모를 일이다. 남자,

쓴다,,, 또 쓴다

간단치 않은 동물이다. 여자도 마찬가지이겠지만.

어느 결혼식장에서 소설가 최일남 선생이 일본 소설가 무라카미 류의 소설 『69』의 일어판을 내보이면서 우리는 책을 이렇게 안 만드느냐고 아쉬워하셨다. 문고본보다 약간 커서 호주머니에 들어가 휴대하기 좋고, 글씨도 큼직해서 나이 든 사람들이 읽기에도 편했다. 나는 그 책을 보면서 엉뚱한 생각을 했다.

소설 『69』에는 '암컷에게 잘 보일 보장이 없을 때, 남자들은 살맛을 잃고 만다'라는 표현이 나온다. 세상의 모든 수컷들은 다 그런가? 『69』라는 소설은 1969년의 일본 상황을 그린 소설이다. (이른바 '전공투' 시대. 하지만 작가는 비틀즈와 히피 문화가 범람한 때로 더 잘 기억.) 당시 고3이었던 작가는 학교 옥상에 바리케이드를 설치하고 데모에 참가하여 무기정학을 맞기도 한다. 그해 동경대학은 입시를 중지하기도 했다. 작가는 꼬리와 머리가 맞대고 있는 듯한 숫자 '69'에 빗대어 모든 것이 비정상적인 상황이지만(포르노그래피 적이 아니라) 그러기에 더욱 즐겁게 살기로 작정하였다. 그래서 그는 작가 후기에 '즐겁게 살지 않는 것은 죄이다'라고까지 적는다. 고교 시절에 자신에게 상처를 준 선생을 아직도 잊지 않고 있다 하면서도.

프랑스의 소설가 안토니아 케르Antonia Kerr는 그의 연애 소설 『조에를 위한 꽃』에서 '남자는 사랑 없이는 아무것도 하지 못하며, 사랑이 식는 순간 그의 육체도 함께 늙어간다'고 표현했다. 그러면서 '남자는 사랑을 할 때 몸에 활력이 생기는 동물이다'고 적었다. 이건 비단 남자에게만 해당되는 말은 아닐 것이다. 하지만 남자라는 동물은 여자에 비해 훨씬 더 단순하기 짝이 없는 건 사실인 것 같다.

남자가 정년퇴직한 가정을 보면, 여자는 늙어도 자기만의 소통 통로를 가지고 있다. 그런데 남자는 늙으면 아내 말곤 소통 통로도 없는 듯이 보인다. 여자는 이웃은 물론 처음 만난 사람들하고도 수다를 잘 떤다. 하지만 남자는 그러지 못한다. 그래서 마을의 노인당엔 당연히 할머니들이 많다. 그 많던 '거짓말쟁이' 남자들은 다 어디로 갔을까? 여자가 그렇게 많은데 남자들은 도대체 왜 살맛을 잃었을까? 남자 자신들도 모르는 생각을 두서없이 해본다.

너 죽고 나 살자

예전에 머리나 멱살을 잡고 드잡이를 하는 이들이 흔히 하는 말은 '너 죽고 나 죽자'였다. 그런데 지금은 '너 죽고 나 살자!'인 듯하다. 상대방이 기세등등하면 머리를 들이받으며 '죽여, 죽여' 했다. 그러면 죽일 듯이 천방지축으로 날뛰던 상대방도 어쩌지 못하고 손을 탈탈 털고 싸움을 접고 만다. 일종의 '싸움의 법칙'이랄까? 옛날엔 그런 게 있었다. 네가 죽으면 나도 죽으니까, 너도 살고 나도 사는 길을 택했다. 근데 지금은 그런 게 안 통한다. 다들 죽기 살기이다. 너 죽고 나 살자이다!

이제 '너 죽고 나 살자'는 개인만의 문제가 아니다. 기업주와 노동자, 부자와 빈자, 나라와 백성 관계 모두가 이 관계망 속에서 작동한다. 공감, 상생, 연민, 측은지심 이런 말은 진즉 약자의 말이 되어버렸다. 강자는 그런 말을 아예 모른다. 네가 죽어야 내가 산다. 아니, 약자가 죽어야 강자가 산다는 논리가 횡행한다.

강자들은 '승자 독식'에 익숙해져 좀체 자기와 다른 걸 못 참는다. 싹쓸이에만 능하다. '너 죽고 나 죽자'라는 말에는 '네가 죽으면 나도 살 수가 없으니 같이 죽자'라는 뜻이 은연중 들어 있지만, '너 죽고 나 살자'라는 말에는 '너만 죽으면 나는 살 수 있어'라는 뜻이 묻어난다. 섬뜩하다. 올해에도 '너 죽고 나 살자'라는 일이 얼마나 많이 벌어질 것인지.

그러나 두꺼비를 잡아먹은 뱀은 자기도 죽는다. 두꺼비의 독이 뱀 안에 퍼지고, 두꺼비는 뱀의 양분을 바탕삼아 새끼들을 살려낸다.

노세 노세 젊어서 노세

.··

우리 옛노래에 '젊어서 놀 것'을 권하는 게 있다. 근데 맞는 것 같다. 일도 젊어서 많이 해야 하지만 노는 일도 젊어서 해야 한다. 노랫말마따나, '늙어지면 못 노나니~.'

물론 어른도 노는 게 즐겁다. 오죽하면 '놀이하는 인간'이라는 말이 생겼을까?

그런데 아이들은 놀이 자체가 세상을 배우는 일이다. 놀이는 익히 알다시피 승부가 있는 것과 승부가 없는 것으로 나뉘어진다. 예전의 아이들은 승부가 없는 소꿉놀이 같은 걸 통해 사회와 인생을 배웠다. 이른바 가상현실을 통해 현실을 이해하였다. 근데 어른들은 화투 등 승부를 가르는 놀이를 즐겨한다. 삶 자체가 놀이를 '잊은 지 오래고' '대결 구조'이기 때문에 그런 것 같다. 이제는 아이들도 컴퓨터 게임 등 승부에 집착을 하는 세상!

하, 그런데, 민중 시인으로 잘 알려진 네루다Pablo Neruda가 이런 말을 했네. "나는 집에다 크고 작은 장난감을 많이 모아두었다. 모두 내가 애지중지 여기는 수집품이다. 놀지 않는 아이는 아이가 아니다. 그러나 놀지 않는 어른은 자신 속에 살고 있는 아이를 영원히 잃어버리며, 끝내는 그 아이를 무척이나 그리워하게 된다. 나는 집도 장난감처럼 지어놓고, 그 안에서 아침부터 저녁까지 논다."

예전에 네루다를 다룬 영화 〈일 포스티노〉를 학생들에게 늘 틀어주며 '은유'를 배우라 했는데, 기회 있으면 이젠 '노는 아이'에 대해서 관심을 가지라고 해야겠다.

나는 완전히 이별하지 못한 내 속의 청소년 때문에 청소년 소설을 쓴다고 늘 말한다. 맞는 것 같다. 그가 늘 그립다…….

아인슈타인Albert Einstein도 "물리학자는 피터 팬이어서 더 이상 자라선 안 된다"고 했다. 이는 물리학에서조차 그걸 잘 연구하려면 호기심을 간직하고 있어야 한다는 얘기일 터. 글도 마찬가지이다. 특히 아이들 독자를 의식한 동화 같은 데선 더욱!

단풍과 저녁노을

단풍철에 단풍을 보노라면 꽃이 생각난다. 화려했던 꽃하고는 다른 아름다움! 꽃을 피우지 못한 나무도 단풍은 아름답다. 도저히 같은 나무라고 여겨지지 않을, 나무의 변신. 잎도 꽃도 없이 다 떨군 모습으로 겨울을 견디고, 봄이 되자 연초록 잎을 내밀고, 여름에 붉은 꽃을 피우더니, 가을이 되자 울긋불긋한 단풍잎을 가진, 나무의 변신. 이제 그마저 다 떨구고 겨울을 맞겠지. 단풍은 장엄한 저녁노을을 닮았다. 특히 바다 속에 집을 짓듯 바다 위로 저무는 석양. 아침이나 한낮의 태양이 흉내 낼 수 없는 저녁노을.

알렉산더 임금에게 햇볕 좀 쪼이게 비키라고 한 고대 그리스의 철학자 디오게네스Diogenes. 그는 줄곧 거리의 철학자로 바쁘게 살았다. 늙마의 그를 보고 어떤 이가 이제 좀 쉬라고 하자 그는 결승점이 가까워졌는데 달리기를 포기하고 여기서 멈추면 되겠는가, 라고 되물었다지. 인생의 결승점, 즉 인생의 황혼이 가까워졌음에도 쉬지 않고 줄곧 종점까지 달리기를 하고 있는 문인 선배들……. 그들에게서 단풍과 저녁노을을 본다. 나이 칠십이 넘고 팔십이 넘어서도 시를 쓰고 소설을 다듬는 글쟁이 선배들, 새삼스레 만세다. 그들에 얹혀 나도 가고 있으니!

마감, 죽음

∴

    어디서 내게 왔는지 잘 모르지만, 나는 이 말을 좋아한다. 天下無不逼出來之文. '세상에 다그치지 않고서 나오는 명문은 없다'쯤으로 해석할 수 있는 말!

    옛 중국의 어떤 글인데, 글 쓰는 사람의 본질을 잘 꿰뚫은 말이다. 마감이 없으면 원고가 나올까? 마감이라는 절박함이 있으면 희한하게도, 써진다. 한 달을 벼르다가 마감 하루 전에 쓰는 게 원고다. 그래서 나는 대학의 문예창작과에서 훈장 노릇할 때 학생들에게 숙제를 잘 내주지 않았다. 숙제는 어차피 수업 있기 전날 잠 설치면서 하는 것……. 물론 그때라도 집중해서 하면 좋은 일이다. 그래서 숙제 대신 과제는 내주었다. 숙제는 잠을 덜 자고 해야 하는 일이지만 과제는 일과시간에, 해 떠 있을 동안 해야 하는 일이기에…….

사는 일도 원고 마감과 같다고 생각한다. 마냥 천년만년, 아니, 영원히 산다면 우리 삶이 절실할까? 죽음이라는 생의 마감이 있기에 살아 있는 동안 다 아등바등하는 것 아닐까? 단지 죽음은 삶의 등에 얹혀서 숨어 있다. 아니, 그림자이다. 좀체 자신을 드러내지 않는다. 그러다 딱 한 번 모습을 드러낸다. 누구나 그걸 알고 있다. 그러나 평소엔 죽음을 의식하지 않기에 남의 일이다. 죽음이 자신의 일이 되었을 땐 이미 그는 죽음을 어쩌지 못한다. 삶과 한통속인 죽음! 영원히 살 것처럼 굴지 말 일이다. 그래서 모든 종교에선 삶 이후의 삶인 죽음을 언급한다. 그렇다면 죽음은 삶만큼이나 중요하다. 오늘도 원고 몇 개를 '절박하게' 써서 마감한다. 아니, 내 삶의 '절박한' 하루를 마감한다.

말 못하고 죽은 귀신은 없다더니……

.·'

    월요일부터 줄곧 회의만 하면서 느낀 것인데, 요즘 사람들은 남의 말을 듣지 않는다는 것. 성직자도 마찬가지. 기관장도 마찬가지. 남녀도 마찬가지. 노소도 마찬가지. 모두들 자기 얘기만 한다. 듣는 사람은 없다. 일방적인 소통이다. 소통? 이런 게 소통은 아니다. 불통이지……. 그런데 문제는 회의뿐만 아니라 사석에서도 사람들은 자기 얘기만 한다는 것.

    그제는 회의 참석자 저마다 할 말이 많은 것 같아 나는 한마디도 하지 않고 듣기만 해도 되는 자리였다. 내 의견이 있었지만, 저마다 자신이 하는 말에 하도 열심이라 남들 말 끝나기만을 기다리다 보니 그렇게 되었다. 그렇다고 그들처럼 어느 대목에서 말을 자르고 들어갈 수도 없고……. 사람마다 '잠깐만' 하며 자기 얘기를 하지만 결코 '잠깐'이 아니었다. 어제는 여름에 공연해야 하는 내 작품 이야기라서 할 수 없이 말을 했지만, 길게 하지 않아도 되었다. 내가 한 마디 하면 벌써 열 마디 할 사람들이 기다리고 있어서.

사람들은 왜 자기 얘기만 할까? 외로워서일까? 두 가지 생각이 든다. 하나는 일방적인 담화문 시대를 산 세대들이 욕하면서 그걸 몸에 익힌 듯하다. 이는 전 청와대 입주자 박 아무개 대통령이 기자 회견을 안 한 걸 보면 알 수 있을 듯. 그도 일방적으로 자기 말만 하지 않았던가. 다른 하나는 인터넷의 영향일 수도 있겠다 싶다. 댓글이란 게 사실은 일방적 소통이다. 상대의 눈이나 표정 등을 살피지 않고 오로지 자기주장만 써대는 것이다. 앞 글에 대한 반박도 있지만 기본적으로는 자기주장뿐이다.

멀리 남도에 가서 회의하고 차를 몰고 오자니 고속도로 요금소마다 설날 덕담 현수막이 걸려 있었다. '즐거운 설날 되세요.' 무슨 뜻인 줄은 알겠는데, 즐거움의 주체는? 설날이? 오나가나 이런 말도 안 되는 말 천지. 사람을 주체로 의식했다면 '즐거운 설날 보내세요'가 옳겠지.

목숨을 걸고

. . . .

'목숨을 건다'는 말을 곧잘 쓴다. 특히 젊은 시인 지망생들은 언필칭 '목숨을 걸고 시를 쓴다'고 한다. 목숨을 걸어야 하는 일이 비단 시 쓰는 일뿐이랴만. 오래전 돌아가신 이광웅 시인은 어느 일이든 목숨을 걸어야 한다고 했다. 그는 특히 교직 일에 목숨을 걸었기에 일찍 가고 말았다. '오송회'라는 조작된 간첩사건의 주범 교사로 몰려 고초를 겪은 뒤 병마로 세상을 떴으니! 좋은 교육 해보자는 동료 교사들이 다섯 명이어서 다섯 소나무에 빗대 정보기관에서 '오송회'라는 명칭을 붙여줬다는 씁쓸한 이야기……. 1990년대 초 세상이 조금 바뀌어 이제 시와 교육에만 전념하면 되겠다고 생각했는데 그

는 갔다. 잘생긴 외모로, 노래 부르던 그가 떠오른다.

이 땅에서
진짜 술꾼이 되려거든
목숨을 걸고 술을 마셔야 한다

이 땅에서
참된 연애를 하려거든
목숨을 걸고 연애를 해야 한다

이 땅에서
좋은 선생이 되려거든
목숨을 걸고 교단에 서야 한다

뭐든지
진짜가 되려거든
목숨을 걸고
목숨을 걸고······.

쓴다,,, 또 쓴다

가짜, 이른바 '짝퉁'이 설친다. 짝퉁은 자기 일에 절대 목숨을 걸지 않는다. 남 보기엔 하찮은 일일지라도 어디에든 한번이라도 목숨을 걸어본 이는 안다. 사는 게 얼마나 엄숙한 일인지……. 또 한 사람의 부음을 들었다.

목숨의 길이

...

군대에 가서도 죽고, 차를 타고 가다가도 죽고, 배를 타고 가다가도 죽는다. 그럼 밖에 안 나가고 집에만 있으면 안전할까? 접시물에 빠져 죽을 수도 있다는데.

스스로 생을 저버리는 이가 삼십칠 초마다 한 명이라고 말하는 선배 시인은 자살 방지 캠페인이라도 벌여야 한다고 역설한다. 기실 모든 자살은 어쩌면 타살이기도 하다. 청소년의 어깨 위에 내려앉은 죽음의 그림자도 그렇고, 홀로 고독하게 살다 이승을 버리는 노인들의 죽음도 그렇고.

오래전에 어느 대학병원 의사가 신문의 부고란을 보고 직업별 죽음의 나이를 계산한 게 문득 떠오른다. 기억도 가물가

쓴다,,, 또 쓴다

물하고, 신문 부고란을 기준으로 한 거라 정확성은 떨어지지만 어떤 시사점은 있을 듯하다.

가장 수명이 짧은 이들은 시인이란다. 시인들의 생활고가 명을 재촉한 듯하다. 게다가 술을 마시고 도로를 무단횡단 하다가 교통사고로 세상을 뜨는 이가 많아 평균 수명이 내려가지 않았을까?

다음으론 기자. 기자도 술을 많이 마시며 사람 관계로 스트레스를 많이 받으며 기사 원고까지 써야 한다. 하지만 월급을 받는 점이 시인과는 다르다.

그다음은 소설가……

가장 오래 사는 이들은 스님과 수녀들. 고개를 끄덕일 만하다. 같은 성직자도 목사는 가족이 있고, 신부는 내놓고 술을 마시는 이가 많아 스님과 수녀들보다 하늘나라로 먼저 가는 듯싶다.

그다음으로 오래 사는 이들은 정치꾼들! 이들은 없는 강에도 다리 놓는다며 거짓말을 밥 먹듯이 하는 족속들이라 아무 스트레스를 안 받아 성직자 다음으로 오래 사는 듯!

기억으론 교사, 교수들 수명도 길었던 듯하고, 법률가나 일반 직장인의 수명도 괜찮았던 듯하다. 지금 조사하면 비정규

직 등의 수명도 짧게 잡힐 듯. 열 안 받는 직종이 없겠지만 직
업에 따른 수명 차이는 분명히 난다.

　학생이라는 신분도 조사에 포함했다면 어땠을까? 자꾸만
스스로 하늘나라로 가는 청소년들이 많다. 세월호 같은 타살
도 있지만!

쓴다,,, 또 쓴다

술 권하는 사회

.....

    일본제국주의 강점 시대의 소설가 현진건, 그의 소설 『술 권하는 사회』의 제목은 술꾼들 사이에서 제법 호가 난 제목이다. 술꾼들은 결코 자신이 술을 좋아해서 마시는 적이 없다. 사회가, 상황이 술을 권하는 것이다. 날이 좋아도 한 잔, 날이 궂어도 한 잔, 바람이 부니까 한 잔, 바람이 안 부니까 한 잔! 심지어는 술맛 나니까 한 잔, 술 맛 안 나니까 한 잔!

    예나 지금이나 술을 마시는데 핑곗거리가 없어서 못 마시지는 않는 듯. 소설 『술 권하는 사회』에서 일본 유학까지 한 남편이 술을 마시는 이유를 '사회'가 나에게 술을 마시게 한다고 하자 아내는 그 '사회'에 안 가면 되지 않느냐고 되받았지 아마. 아내는 '사회'가 요릿집이나 술집 이름인 줄 알고서. 당시 '사회'는 일본에서 들어온 신조어.

내게 술도 안 마시고 어떻게 글을 쓰느냐고 묻는 이들이 종종 있다. 내 경험으론 술까지 마시고는 글을 쓸 수 없다. 몸에 알코올을 분해하는 효소가 거의 없어 술을 마시면 며칠 동안 머리 아프고 속이 메슥거린다. 하여간 괴롭다. 청년 시절엔 남도 다 그런 줄 알고 술을 억지로 마셨는데, 알고 보니 남들은 그렇지 않고(덜 그렇고) 나만 술 한두 잔만 마셔도 사나흘씩 진통제를 먹으며 숙취를 달래야 했다. 긴 글을 쓰고 났을 때, 한두 잔의 술로 시름과 피로를 털어버리면 얼마나 좋을까 하는 생각이 간혹 들기도 한다. 그렇지만 후유증을 생각하면 고개를 절레절레!

작가는 두 부류. 술을 마시면서 낭창낭창하게 글을 쓰는 이가 있고, 술은 전혀 입에 대지 않고서 파삭파삭하게 쓰는 이가 있다. 나는 후자이다. 근데 파브르Jean Henri Fabre가 곤충이어서 『곤충기』를 쓴 것은 아니다. 나는 술꾼이 아니지만 술꾼들의 이야기는 자주 쓴다. 정작 곤충은 자신의 이야기를 쓰지 못한다. 곤충이 아닌 파브르가 더 잘 관찰했다. 정작 술꾼은 자신의 이야기를 쓰지 못한다! 술을 안 마신 내가 더 잘 기억하더라.

쓴다,,, 또 쓴다

담배 권하며 조롱까지 하는 사회

.··

지난 주말 회의가 두 건 있어 아침부터 서둘렀다.

열한 시, 첫 회의 장소에 가자 먼저 온 사람들이 안으로 들어가지 않고 밖에서 담배를 피우고 있었다. 금연빌딩을 비롯, 어디든 흡연자들의 공간이 없어서이다. 근데 사회가 담배 피울 일을 잔뜩 만들어주면서 담배를 피우지 말라는 것은 모순 아닐까? 나는 담배를 피우지 않지만 담배가 주는 '위로감'까지 모르지는 않는다.

술에 취하면 떠들어대고, 담배를 피우면 조용해진다. 이는 술은 분노를 터뜨리고 담배는 분노를 삭이는 것이라고 할 수 있으리라. 지금 담배 권하는 사회를 사는 이들 가운데엔 담배를 피우면서 분노를 삭이는 이들이 많을 듯.

현진건의 소설『술 권하는 사회』와 마찬가지로 시방은 '담배를 권하는 사회'. 아예 노골적으로 담뱃값을 엄청나게 올리면서 흡연자들을 놀리기도 한다.『술 권하는 사회』에서는 그 '사회'에 가지 않으면 술을 안 먹게 되리라는 마누라의 충고가 씁쓸하다. 마누라는 사회가 무슨 요릿집인 줄 알았으니. 근데 지금은 진짜로 사회가 담배를 권한다.

이참에 담배에 관한 기억 몇 토막을 더듬어보는데······.

담배를 아주 높이 친 이는 대한민국 시인 공초 오상순. 하루에 담배 이십여 갑을 피운 그. 그의 호 '공초'는 그래서 늘 '꽁초'로 이해되기도. 하도 담배를 많이 피워 허무혼을 바탕으로 한 그의 유랑 문학보다는 담배로 더 유명하다.

영국의 처칠은 금연 후에도 시가를 가지고 다니면서 사진 기자가 나타나면 시가를 얼른 입에 물었단다. 잔뜩 찌푸린 표정에 시가를 문 사진도 그렇게 해서 탄생했단다. 공초 오상순도 담배를 입에 문 사진이 있지만 찌푸린 표정은 아니고.

체 게바라Che Guevara는 미국과 쿠바의 외교 단절 전에 미국의 케네디가 그를 회유하기 위해 시가 한 상자를 선물했단다. 어려서부터 천식과 폐기종에 시달린 체 게바라. 의사에게 사정사정하여 하루에 담배 딱 한 대만 피우는 것을 허락받았다. 그래서 긴 시가를 주문하여 한 대를 피웠다나 어쨌다나.

요절 가수 김광석의 노래 〈서른 즈음〉 노랫말에 담배가 나온다. 근데 살아생전 그와 가까이 지내던 이의 말에 따르면 김광석은 담배를 안 피웠다 하네.

최백호의 옛 노래 〈입영전야〉에도 담배 연기가 나온다. 그래서 그런지 예전의 군 훈련소에선 훈련 중 휴식 시간에 '담배 일발 장전'을 조교가 노골적으로 외쳤다. 지금은 어떤지?

부천 성고문 사건을 파헤친 요절 변호사 조영래도 애연가였다. 평소 날마다 오륙십 개비를 피웠다. 특히 신문 칼럼을 쓰고 난 밤이면 빈 담뱃갑 두 개가 나왔다고 한다.

흡연자들의 얘기론 가장 맛있게 담배를 피우는 영화 장면은 〈원초적 본능〉에서 샤론 스톤Sharon Stone의 담배라는데, 나는 비흡연자라 맛있는지 어떤지 잘 모르겠다…….

하여간 어제 두 번째 회의인 한국 작가회의 총회에 갔다가 바쁜 일이 있어 식전 행사만 보고 나오는데 행사장 앞에 담배 피우는 사람들로 인산인해. 다들 사회가 담배를 권하기에 담뱃값을 올리는 조롱 속에서도 끊지 못하고 입을 따뜻하게 데우고들 있었다. 나는 담배 연기 터널을 뚫고 가까스로 벗어나야 했고.

별명

. . . . .

　어떤 회의를 하고서 저녁 먹는 식당으로 가는 길이었다. 소설가 송 아무개 선생과 이런저런 얘기를 나누며 가는데 뒤에서 "선생님!" 하는 여성의 목소리가 났다. 우리는 둘이 다 돌아보았다. 그런데 나도 모르는 아낙네였고, 송 선생님도 모르는 여자들이었다. 둘 다 동시에 멈칫 서서 고개를 갸우뚱했다. 그런데 그 순간 우리 앞에서 오고 있던 어떤 사내에게 여자들이 뛰어가는 것이었다. 우리는 그때야 비로소 일이 어떻게 된 것인지를 알고 고개를 끄덕이며 실없이 웃었다.

　8·15 해방 뒤였던가. 서울 거리에서 '사장님!' 하고 외치면 길을 가던 이들이 다 돌아본다고 했다. 송 선생님이나 나나

'꼰대' 티를 못 벗고 '선생님!' 소리에 걸음을 멈추었으니!

요즘은 나도 '사장님'이다. 텔레마케터만 사장님이라고 하지 않는다. 집에 수년째 오는 집배원도 등기물을 가지고 오면 '사장님 도장'이 필요하다고 그러고, 단골 점방이나 자동차 공업소 직원들도 내가 가면 '사장님' 어쩌고저쩌고다.

근데 나는 아무리 봐도 사장 '틀'이 아니다. 예전엔 사장 소리 들으려면 무엇보다도 배가 좀 나와야 했다. 오죽하면 '배사장'이라는 말도 있었을까. 노모는 어렸을 때나 지금이나 나를 보면 '살 한 점 발라낼 데가 없다'고 안타까워하신다.

소싯적, 까까머리 중학생 시절. 그때 동급생들은 나를 'KBS'라고 불렀다. '갈비씨'를 음차해서……. 나는 그 별명이 참 싫었다. 사흘에 피죽 한 그릇도 못 먹은 것 같은 갈비씨라니! 몇 해 전 중학교 때 그렇게 불렀던 동급생 가운데 하나가 신문사로, 출판사로 연락해서 어찌어찌 내 전화번호를 알아내서 연락을 했다. 한 번 보자고. 사실 나는 보기 싫었다. 좋은 추억도 아니고 가는 길도 다른데 이제 와 새삼.

그 벗과 만나자마자 말했다. 그때 네가 나를 하도 놀려서 너 때문에 학교 가기가 죽기보다 더 싫었다고! 그러자 그 친구 왈, 자기는 그런 적이 한 번도 없었단다! (무슨 이유에선지 모르지만)오히려 내가 부러웠단다. 맙소사! 이래서 왕따의 피해자는 있으나 가해자는 없구나.

하여튼 나를 KBS라고 놀렸던 옛 친구들이 지금은 나에게 묻는다. 어떻게 건강 유지하고 배도 안 나왔느냐고. 누구는 마라톤 완주를 몇 번 했고, 누구는 요가를 하고, 누구는 자전거를 타고, 누구는 등산을 밥 먹듯이 한다면서, 옛 벗들의 건강관리 요령을 일러주었다. 나는 할 말이 없었다. 그래서 "나는 숨 쉬기 운동밖에 안 해, 숨 안 쉬면 죽은 거잖아……."라고 썰렁하게 대답했다. 이 사회도 숨을 못 쉬게 하기 때문에 더더욱 숨을 잘 쉬어야 해서.

숫자의 내력

'~내력'이라고 쓰고 보니 옛적에 박재홍이 부른 〈물레방아 도는 내력〉이 떠오른다.

벼슬도 싫다만은 명예도 싫어/정든땅 언덕 위에 초가집 짓고/낮이면 밭에 나가 길쌈을 매고/밤이면 사랑방에 새끼 꼬면서/새들이 우는 속을 알아보련다
서울이 좋다지만 나는야 싫어/흐르는 시냇가에 다리를 놓고/고향을 잃은 길손 건너게 하며/봄이면 버들피리 꺾어불면서/물방아 도는 내력 알아보련다

추석 명절 휴일을 맞아 많은 사람들이 고향에 갔는지 길이 텅 비어 있다. 길가에 펄럭이는 현수막마다 '고향' 잘 다녀오시라는 내용이 쓰여 있다. 고향의 '물레방아 도는 내력'을 떠올리다 보니 엉뚱하게 '숫자의 내력'이 떠올랐다.

10. 10, 3, 5, do/1, 4, 3. 옛적에 향리에서 중학교를 다닐 때 영어 선생님이 '유머'라며 영어 시간에 가르쳐준 것. 앞에 것은 '열렬히사모(삼오)하다'인데 '텐텐쓰리파이브두'로 읽을 때 알아들으면 소통이 되고 그러지 않으면 끝이라 했다. 뒤에 것은 I LOVE YOU의 글자 수를 나타낸다나. 이런 게 그 당시의 유머였지만 그땐 썰렁하지 않았다. 영어 'I am a boy, You are a girl.'도 천자문 '하늘 천 따 지 검을 현 누르 황'의 운에 맞춰 한자 배우듯이 하였으니. 아무튼 까까머리 시커먼 시골 중학생들은 영어 선생의 미끈미끈한 발음이 되레 신기하였을 뿐!

라이방 박이 한 해 전의 4·19혁명을 갈아엎고 대한민국 최초로 군사반란을 일으켰던 5·16. 전 씨 노 씨는 그 전 해에 12·12로 군부 내부를 정리하고 다음해에 5·17로 마무리했지. 그러자 곧바로 광주에선 5·18로 이어지는 민중저항을 했다. 5·16/5·17/5·18로 이어지는 숫자의 내력.

일제 강점기 때의 일도 숫자로 남아 있다. 1905 을사늑

쓴다,,, 또 쓴다

약, 1910 강제 병탄. 3·1 기미독립만세……. 그 뒤 일도 숫자로 기억되었으니, 11·3은 학생의 날이었고, 8·15는 광복절, 7·17은 제헌절, 한국전쟁 6·25, 7·23은 그 전쟁의 휴전일……. 그럼 훗날 경찰이 국정원 댓글 사건 중간 발표한 날인 2012년 12월 16일은 무슨 날로 명명될까? 국정원 댓글로 유신이 부활한 날? 아니면 국정원 수치일? 그것도 아니면 국정원 '대남' 심리전 종료일?

어제, 두드러기 때문에 병원에 들렀다. 추석 연휴 기간 병원 문을 안 열기에 가려우면 곤란하니까 여러 날 약을 미리 타놓으려고. 대여섯 해 전에 처음 찾아와 괴롭히던 두드러기. 그 전엔 대상포진 때문에 고생했는데. 대상포진이 훨씬 더 괴롭다. 두드러기는 가렵기만 하지만 대상포진은 무지막지한 통증 수반! 근데 두 질환 모두 과로하거나 신경 많이 쓰면 몸 안에 잠복하고 있던 것들이 나타난다 하네.

진료실에 들어가니 내 또래의 여의사가 두드러기가 난 자리에 불빛을 비추어보며 기계적으로 물었다. 어차피 나도 처방전만 탈 요량이었으므로 그러려니 했다.

의사 가로되, 요즘 신경 쓰는 일 많아요? 과로했어요? 많이 가려워요? 부풀어 올라요?

나 가로되, 가렵긴 한데 부풀어 오르기는 안 해요. 자국이 마치 천장의 쥐오줌 자국처럼 남아요. 신경이야 살아 있는 한 안 쓸 수 없는 거고. 먹고 살려면 과로도 안 할 수 없지요.

의사, 갑자기 웃는다. 한참을 웃고 나더니, "미안해요, 웃어서. 쥐오줌 자국이라는 말 때문에……. 요즘 사람들은 그런 말 몰라요. 환자분께서 그런 표현을 하신 것 보니 연세가 지긋하신 것 같아서……."

의사가 컴퓨터를 들여다보더니 내 생년월일 알고선, "그렇구만요. 연세가 있으시네요……."

졸지에 난 연세가 지긋하고 연세가 있는 분이 되었다. 그놈의 쥐오줌 자국 때문에. 아니, 두드러기 때문에.

요즘 노인들은 입버릇처럼 죽고 싶다고 한다. 오십대인 나도 아프면 죽고 싶은데 칠팔십대가 되면 여기저기 안 아픈 데가 없을 테니 더 죽고 싶을 것이다. 무슨 기계를 그토록 오래 쓰겠는가? 몸도 고장이 나서 아픈 게 당연하지. 그래서 중늙이들은 숫자를 들먹인다. 9988234. 구십구 세까지 팔팔하게 살다 이삼 일 아프고 죽고 싶다는 바람을 넣은 숫자라네. 나

쓴다,,, 또 쓴다

이는 숫자일 뿐이라는 말이 있지만, 나이 들어보니 나이는 역시 못 속이기도.

사람들이 좋아하는 미국. 그곳의 하버드대 심리학과 어떤 선생이 오래전에 한 실험. 칠팔십대 남성 노인들 열맷 명을 이십 년 전 상황으로 가게 하는 실험. 노인들을 일주일 동안 외딴곳에 가두어두고 한 실험. 텔레비전 내용도 이십 년 전 것. 영화나 라디오 내용도 이십 년 전 것. 그랬더니 실험에 참가한 노인들 모두 시력 청력 기억력이 좋아지고, 심지어는 간병인이나 휠체어 도움 없이 혼자 걷기도 했다 하네. 그렇다면 나이는 정말 숫자에 불과한 것일까? 뒤로 돌아가 살아볼까, 하는 생각.

얼굴

. . . .

동그라미 그리려다/무심코 그린 얼굴

내 마음 따라 피어나던/하얀 그때 꿈을

풀잎에 연 이슬처럼/빛나던 눈동자

동그랗게 동그랗게/맴돌다 가는 얼굴

-윤영선 노래, 〈얼굴〉

고등학교 시절이던 1970년대에 많이 부른 노래이다. 개인
적으론 고등학교 1학년이던 때 막내 숙모가 될 사람이 막내
삼촌과 결혼을 앞두고 KBS 전국노래자랑에 나가서 이 노래

를 부르고 '테레비'를 타왔던 기억이 담긴 노래이기도 하다.

노래 〈얼굴〉을 떠올리자니 요즘 영화 〈관상〉이 같이 따라 나온다. 영화를 보지 않아서 뭐라고 말은 못하지만, 들리는 말에 의하면 영화 〈관상〉은 얼굴 생김에 따라 그 사람의 길흉화복이 정해졌다는 인식을 바탕에 깐 듯.

관상이 그리 중요할까? 아닌 듯하지만 중요하기도 하다. 얼굴 생김이 몸 생김보다 못하고 몸 생김은 마음 생김보다 못하다, 는 말을 들먹일 필요는 없을 것이다. 나이 사십이 되면 자신의 얼굴은 자신이 책임져야 한다는 말도 들먹일 필요가 없을 것이다. 하지만 얼굴은 어떤 한 개인을 들여다보는 창인 건 분명하다.

애초에 타고난 관상이 중요한 게 아니라 어떤 생각을 하고 어떤 환경을 사는가에 따라 관상이 달라진다, 라는 게 오십을 훌쩍 넘기고 나면서 내린 결론. 얼굴은 변한다. 그러기에 삶을 대하는 태도에 따라 얼굴이 달라진다는 것만은 분명하다. 탐욕스러운 사람, 거짓부렁이 짓을 잘 하는 사람, 잔혹한 사람, 부드러운 사람, 긍정적인 사람, 부정적인 사람 등등. 지금까지 만난 사람들을 보면 그 사람의 삶의 자세가 얼굴에 나타나는 점을 부인하기 어렵다.

그렇다면 청와대 전 입주자인 이 아무개 씨와 박 아무개 씨의 얼굴은? 두 사람 다 자신의 삶의 자세와 환경이 얼굴에 들어 있다. 많은 사람이 두 사람을 좋아한다. 그들을 추종하는 이들의 내면에 자신도 그렇게 살고 싶어 하는 욕망이 들어 있어서 그런 듯. 내 개인적으론 그런 얼굴, 싫다. 혀에 침도 안 바르고 거짓말을 할 수 있는 얼굴. 냉혹한 기운을 뿜어내며 알아서 기라며 싸늘한 표정을 지을 수 있는 얼굴. 그들을 보면 얼굴에 내면과 환경이 들어 있다는 것만 새삼 확인하게 된다.

쓴다,,, 또 쓴다

영정 사진

...

어머니의 영정 사진을 찍기 위해 자식들이 광주에 모였다. 일주일 정도 남은 생신을 미리 기념하기도 하고, 형제들의 겨울 모임을 어머니 영정 사진 찍고 식사하는 것으로 대체했다.

영정 사진을 왜 미리 찍어두어야 할까? 고향 진도의 노인들은 염하고 입을 수의도 자신이 미리 준비한다. 몇 해 전에 돌아가신 아버지 수의도 미리 어머니가 준비해두신 것이고, 어머니 것도 당연히 그때 준비해두었다. 아버지는 사회활동을 하신 분이라 돌아가셨을 때 이런저런 사진을 찾아 영정 사진으로 썼는데 어머니는 미리 찍어두지 않으면 나중에 낭패를 볼 것이라, 맏이인 나 대신 집안 대소사를 잘 챙기는 바로 아래 동생이 오래전부터 조바심을 내기에 이참에 찍기로 했다.

어머니는 젊어서 영정 사진을 한 차례 찍었다. 삼십대 초반에 여기저기 하도 많이 아파 읍내 장터 사진관(태양사진관?)에서 영정 사진을 찍었다. 누나가 겨우 초등학교 3학년 정도 되었을 무렵인데 막내 동생을 들쳐 업고, 나와 아래 동생은 들로 산으로 개구리 잡으러 다니던 시절이었다. 고모뻘 되는 친척이 시집가기 전까지 살림도 대신해주었다. 근데 다행히 그 영정 사진을 쓸 일은 없었다. 그때부터 오십 년 가까운 세월이 지났다.

쓸쓸하고 씁쓸하지만 어머니 영정 사진 찍은 사진관에서 가족사진도 같이 찍었다. 가족사진 찍기는 처음이다. 바로 아래 동생하고는 중학교 때 소풍 가서 같이 찍은 뒤 처음이고, 다른 동생들하고는 애초에 처음! 그래서 잡지 같은 데서 옛날 사진 달라고 하면 사진이 없어 곤혹스럽다.

어머니, 지금이야 지팡이에 몸을 의지하시고 계단 난간을 잡고 겨우겨우 사진관 계단을 오르내리셨지만 십여 년 전만 해도 그러시지 않았다. 그땐 자신이 소출한 농산물을 택배로 곧잘 보내주셨다. 마침 그때 어떤 청탁에 응해 쓴 시 한 편.

서울 과낙구 실님이동…… 소리 나는 대로 꼬불꼬불 적힌 아들네 주소. 칠순 어머니 글씨다. 용케도 택배 상자는 꼬불꼬불 옆길로 새지 않고 남도 그 먼 데서 하루 만에 서울 아들집을 찾아왔다. 아이고 어무니! 그물처럼 단단히 노끈을 엮어 놓은 상자를 보자 내 입에서 나도 모르게 갑자기 터져 나온 곡소리. 나는 상자 위에 엎드렸다. 어무니 으쩌자고 이렇게 단단히 묶어놨소. 차마 칼로 싹둑 자를 수 없어 노끈 매듭 하나하나를 손톱으로 까다시피 해서 풀었다. 칠십 평생을 단 하루도 허투루 살지 않고 단단히 묶으며 살아낸 어머니. 마치 스스로 당신의 관을 미리 이토록 단단히 묶어놓은 것만 같다. 나는 어머니 가지 마시라고 매듭을 하나도 남기지 않고 다 풀어버렸다. 상자 뚜껑을 열자 양파 한 자루, 감자 몇 알, 마늘 몇 쪽, 제사 떡 몇 덩이, 풋콩 몇 주먹이 들어 있다. 아니, 어머니의 목숨들이 들어 있다. 아, 그리고 두 홉짜리 소주병에 담긴 참기름 한 병! 입맛 없을 땐 고추장에 밥 비벼 참기름 몇 방울 쳐서라도 끼니 거르지 마라는 어머니의 마음.

아들은 어머니 무덤에 엎드려 끝내 울고 말았다.

「택배 상자 속의 어머니」 전문

이름이 곧 사람?

∙∙∙∙

　소설가 송기숙, 시인 문병란, 시인 김남주, 시인 이시영. 이들의 공통점은 많지만 일단 이름이 여성적이라는 것도 눈에 띄는 공통점이다. 여자 이름이 따로 있는 건 아니지만 사회 통념 내지는 관례상 그렇다는 것이다. 문청 시절에 만난 어떤 선배의 말씀이 떠오른다. "기숙이, 병란이, 남주, 시영이 다 여자 이름이네……." 당시 '기관원'들은 이들이 여자인 줄 알기도 했다는, 웃지 못할 일도. 실제로 문예창작과 학생들의 출석부에 기숙, 남주, 시영, 이런 이름이 많았다는 기억.

　시인 고은, 시인 신경림의 '~은/~경림'은 필명이다. 그런데 이들이 본명을 두고 여성적인 필명을 쓴 건 어떠한가? 물론

　　　　　　　　　　　　　　쓴다,,, 또 쓴다

그들이 괴테Johann Wolfgang von Goethe의 『파우스트』 마지막 부분에 나오는 '영원히 여성적인 것이 우리를 구원할 것이다'를 의식해서 그랬던 건 아닐 것이다. 그런데도 문인들의 이름은 여성적이어야 하나, 하는 의구심을 떨칠 수 없다. 본명이 황수영인 소설가 황석영이 여성적 이름인 '수영'을 버리고 '석영'을 쓴 것을 보면 꼭 그렇지만도 않고.

시인 김춘수는 '내가 그의 이름을 불러주기 전에는/그는 다만 하나의 몸짓에 지나지 않았다/내가 그의 이름을 불러 주었을 때/그는 나에게로 와서/꽃이 되었다'고 노래했다. 그러면서 '내가 그의 이름을 불러준 것처럼/나의 이 빛깔과 향기에 알맞은/누가 나의 이름을 불러다오'라고 했다. (이 대목 때문에 예전 학생들의 연습장 뒤표지에 많이 쓰였다. '누가 나의 이름을 불러다오!'는 많은 사춘기 아이들의 바람.) 시의 깊은 의미야 평론가들이(어떤 평론가들은 높이 치고 어떤 평론가들은 형편없이 폄훼하기도 하지만) 왈가왈부할 일이지만, 일반 독자들은 이름이라는 건 특정한 이에게서 불려지는 것이니 나한테 맞는 이름으로 불려지고 싶다, 는 욕망이 숨겨져 있다.

어쨌든 이름은 그 사람을 떠올리게 하는 것. 그래서 이름을 함부로 지을 일은 아니다. 노자는 '이름 붙일 수 있는 이름은 참된 이름이 아니다[名可名非常名]'라고 설파하며 이름 붙이는 것을 경계하고, 선불교에선 언어 이전의 세계가 더 나은 걸로 친다. 하여간 이름을 붙여주면 그 이름의 형상이나 느낌으로 굳어버리는 게 사실. 그런데도 프랑스 소설가 플로베르Gustave Flaubert가 말한 일물일어처럼 모든 것은 거기에 딱 들어맞는 말 내지는 이름이 있는 것처럼 여겨진다.

쓴다,,, 또 쓴다

졸면 죽음

연일 강연이 있어 여러 지역을 돌아다녔다. 대구에서 강연하고 거창을 가는데 그야말로 '외줄기' 길이었다. 편도 일차선뿐인 88고속도로. 쌍팔년도 올림픽인지 내림픽인지를 앞두고 급히 만든 길이기에 그런 이름을 붙였다. 외줄기 고속도로는 추월차선이 없다. 그래서 운전 경고 문구도 섬뜩하다 못해아주 구체적이고 실제적이다. '졸면 죽음!'

추월선이 없어 앞차가 느리게 가면 하염없이 그 뒤를 같은속도로 따라가야 한다. 뒤에서 성질 급한 운전자가 틈만 나면앞을 내다보며 추월하기 위해 차머리를 자꾸만 들이민다. 불안해서 성가시다. 길 가장자리 쪽으로 살짝 비켜줄래도 공간이 없다. 나와 같은 속도로 따라오면 될 텐데, 앞서고 싶은 자는 계속 못 참는다. 한참 가다 보니 오르막 차선이 잠깐 나타나기에 비켜주었다. 뒤에 오던 차가 내 옆으로 쏜살같이 내달렸다. 다시 본 차선으로 돌아왔다. 한결 느긋해졌다. 앞차만 따라가면 된다. 나를 쫓는 차가 없다. 한참 가다 보니 아까 나를 쫓던 차가 길 옆에 엎어져 있다. 뭐가 그리 급한지 빨리 내달리더니……. 경쟁이 이런 것 아닌지.

누구를 뒤따라가면 편하다. 그러나 뒤에서 쫓아오면 불안하다. 계간 잡지 《청소년문학》 편집 주간을 할 때 살펴보니 외고생이나 과고생 등 공부 선수들은 곧잘 자살을 한다. 그들은 뒤에서 치고 올라오면 불안하다. 늘 경쟁을 하고 살기에 그렇다. 남만 경쟁자인 것이 아니다. 자기 스스로의 안에서도 경쟁을 한다. 그들은 100점 만점에 98점을 맞아도 불안하다. 아니, 100점을 맞아도 불안하다. 다음번에 100점을 못맞으면 어떡하지, 하며. 그러나 공고를 비롯한 이른바 특성화고 생들은 자살을 하지 않는다. 굳이 경쟁을 하지 않기 때문이다. 스스로하고도 경쟁하지 않는다. 등수가 좀 낮으면 어떠리, 하는 심정이다. 그들은 쫓기지 않는다. 50점 맞다가 60점 맞으면 환호작약이다. 굳이 90점이나 100점을 맞아야 하는 것 아니다. 스스로 발전하는 모습만 보이고 있으면 그걸로 만족이다. 글은 역시 공부 선수가 아닌 학생들 글이 더 실감난다. 공부 선수들의 글은 오로지 성적 타령뿐이지만 공부 비선수들의 글은 현실의 모습만큼이나 다양했다.

거창에서 강연하고 창원을 가기 위해 다시 88고속도로에 올랐다. 콘테이너 박스를 실은 짐차 뒷문에 두터운 글씨가 써 있다. '축구국가대표팀공식맥주'. 축구 국가 대표 선수들이 먹는 맥주란다! 그 순간 술 잘 마시는 시인과 소설가들의 대표 술은 뭘까 하는 생각이 떠올랐다. 내가 아는 한 그들은 주종 불문이고 청탁 불문이다. 그렇다고 대표 술이 없을까? 그들도 모르는 걸 내가 대신 생각해보았다. '막술'이라는 말이 떠올랐다. '입술'을 지그시 깨물고 술맛을 음미하는 몇몇 동료가 떠오른다.

주민등록번호

...

    숫자로 구성된 번호. 은행이나 병원 등 접수창구가 있는 곳이면 당연히 있는 번호표. 어디를 가든 우리는 이름 대신 번호로 지칭되고 호칭된다. 감옥의 수인들도 번호로 불린다. 그 옛날 일정 때 감옥에 갇힌 이육사 시인은 수인번호가 '264'여서 본명 '이원록' 대신 이육사를 썼다고 하는, 그럴싸한 얘기도 있지 않은가? 그리고 보면 번호의 뿌리는 깊다.

    한국 사람은 태어나 출생신고를 하자마자 번호로 매겨진다. 이름하여 주민등록번호. 주민등록번호는 평생 따라다닌다. 원고료 처리하는 데도 주민등록번호. 강연료 처리하는 데도 주민등록번호. 월급 처리하는 데도 주민등록번호. 은행 통장 만드는 데도 주민등록번호. 세금 처리하는 데도 주민등록번호. 뭘 가입할 때도 주민등록번호. 어느새 주민등록번호가 나를 대신한다.

생년월일을 이어붙인 주민등록번호. 주민으로 등록하지 않으면 그만이겠지만 그러면 투명인간이 되어야 하니 안 할 수도 없는 주민등록. 주민등록번호만 넣으면 그 사람이 어떤 사람인지 알 수 있는 세상. 편리한가? 그걸 부리는 자들은 편리하겠지. 그러나 늘 호출당하고 노출당해야 하는 대다수 사람들은 끔찍하다……. 최근 금융기관의 개인정보 유출. 마침내 올 것이 왔다!

이제쯤 번호를 내려놓고 싶다. 한때 주민등록증 대신 운전면허증 같은 것으로 신분증을 대신하자는 운동이 있었다. 하지만 주민등록증 대신 운전면허증을 내민다고 주민등록번호가 사라질까? 운전면허증도 주민등록번호와 사진이 나를 대신한다. 어느새 통제와 관리 대상이 되어버린 인간들. 번호가 있어 통제하고 관리하기에 편하다고? 주민등록번호가 어떻게 되시지요? 그 말을 들을 때마다 발가벗겨지는 기분이다. 나만 그러지 않을 것이다. 나는 얼마나 더 유출되어야 내가 다 없어질까?

비밀을 가질 수 없는 세상

나를 감시하고 있는 게 주민등록번호만이 아니지만 주민등록번호가 가장 위협적이다. 예전엔 병원에 가면 의료보험카드를 내밀어야 했는데, 지금은 주민번호만 대면 된다. 그러면 접수처 컴퓨터에 내가 무슨 병으로 병원에 들렀는지, 언제 다녀갔는지 쫙 뜬다. 마음 놓고 아플 수도 없는 세상이다.

약간 큰 건물 주차장에 차를 몰고 들어가면 차량번호가 자동으로 인식되어 내가 언제 들어가는지 다 안다. 나와 차는 숨을 곳이 없다. 길을 가도 카메라, 전철을 타도 카메라, 버스를 타도 카메라, 건물을 들어가도 카메라다. 심지어는 차량번호를 다 인식한다는 방범용 카메라까지 버젓이 도로 위에서 나를 내려다본다. 내 일거수일투족을 다 감시하고 있는 카메라. 이것도 나를 불편하게 한다. '숨어 있기 좋은 방'을 애써 찾아나서야 하나?

소싯적엔 학교 갔다 오다가 보리밭이나 나락밭 두렁에 퍼질러 앉아 해 질 녘까지 노을을 바라보아도 되었고, 큰 소나무 그늘 아래에서 땀을 들이며 누워 졸아도 되었고, 비를 피한다며 큰 바위 아래에 들어가 한나절을 보내도 되었다. 그렇게 해도 하늘과 바람 말곤 나를 지켜보는 것이 없었다. 그러나 지금은 숨을 데가 없다.

숨고 싶다. 비밀을 간직하며 살고 싶다. 시인 이상은 '비밀이 없다는 것은 재산 없는 것처럼 가난하고 허전한 일'이라고 했지만 소설가 파스칼 키냐르Pascal Quignard는 거기서 한 걸음 더 나아갔다. 그는 『은밀한 생』이라는 소설에서 '영혼을 가진다는 것은 비밀을 가진다는 것을 의미한다'라고 했지. 우린 지금 비밀을 가질 수 없으므로 가난하고 허전한 정도가 아니라 영혼을 가지고 있지 못하다. 키냐르 말마따나 영혼이 없다는 얘기이다. 맞는 말씀인가? 현대인은 영혼이 없다.

'~질'에 대하여

차 안에 최백호의 노래 〈낭만에 대하여〉가 울려 퍼졌다. '대하여'라는 말 때문에 그랬는지 뜬금없이 '~질에 대하여'가 떠올랐다. 말끝에 붙는 접미사 '~질'은 참 오묘하다. '낚시질'이나 '도마질'처럼 어떤 도구나 기능을 가리키는 말이 되기도 하지만, 대개는 좋은 것도 '~질'을 붙여 좋지 않게 하는 성질을 가진 접미사다. 심지어는 아주 천박한 표현이 되기도 한다. 노름질, 연애질, 고자질, 싸움질, 난봉질, 도둑질, 선생질, 전화질, 이간질……. 책 같은 것에 쓰인 글자를 보며 어떤 생각을 하면 '문자 행위'가 되고 휴대전화기로 의미 없는 글자를 주고받으면 '문자질'이 된다. 지적 받기 싫어하는 젊은이들은 마침내 '지적질'이라는 말도 만들어냈다.

지난 이 아무개 씨 정권 때엔 죽지도 않은 4대강을 살린다고 '협잡질'을 하며 정권 기간 내내 '삽질'을 했는데 이제 보니 '뇌물질' 때문이었단다. 이 씨 정권 끝 무렵 대선 때엔 국정원 '댓글질'을 통해 대미를 장식하기도 했다. 유신2정권은 유신의 '독재질' 전통을 이어받은 데다 이 씨 정권의 '협잡질'까지 얹어 계속 '헛발질'을 하니 피곤한 건 대다수 국민이다. 이제 '국민질'도 힘들다!

검정을 통과한 국사 교과서라는 게 대한민국의 정통성을 부정하는 것으로 일관한 듯하다. 자기는 대전으로 피신하고서도 서울을 사수한다며 한강 다리를 끊은 거짓말의 원조 이승만을 우러르고, 여순 사건 때 동료를 팔아 목숨을 건진 배신의 원조 라이방 박을 칭송한 이들의 조국은 어디일까? 이들은 친일 항일을 나누는 것은 북한을 의식한 짓거리라며 친일을 옹호한다. 마치 일제 때의 '국어'를 보는 듯하다. 이때의 국어는 당연히 일본어! 다시, 그들의 조국은 어디?

북의 주체헌법과 남의 유신헌법 발효일이 같은 게 우연의 일치일까? 남과 북의 두 사람이 서로 '독재질'을 잘하기 위해 밀통하지 않고선 불가능했으리. 이러고 보면 라이방 박의 행위를 요즘 말로 하면 뭐가 될까? '종북질?' 그러면 그이가 종북 원조? 언필칭 21세기인데 지금도 라이방 박의 유훈 통치나 김일성의 유훈 통치가 양쪽에서 다 통하는 건 어인 일? 시방 다시 '유신질'을 하며 '아부질'을 하는 이들이 자기 정체성을 만천하에 드러내고 있다. '국민질' 하는 이들 모두 기시감에 시달리고 있다.

'아부질'이라는 말을 써놓고 보니 이승만이 방귀를 뀌자 "각하, 시원하시겠습니다."라고 한 아부꾼이 떠오르고, 라이방 박이 장관으로 임명해주자 감격해서 자신을 '둔마'라 하면서 '채찍질' 해주라며 충성을 맹세한 사람이 떠오른다. 하여간 나쁜 '질'을 다 쓸어버릴 '걸레질'이 필요한 때.

나의 치매 기준

이순신은 '내 죽음을 알리지 말라' 했다지. 그렇다면 나는 노년에 '내 치매를 알리지 말지어다'라고 해야 하나? 내 치매 기준은 무엇일까? 이미 요절할 나이는 지났으니 벽에 똥칠하고 바닥의 똥을 집어먹을 때까지 살면 그게 치매? 그건 좀 그렇다. 그래서 내 나름대로 내 치매 기준을 잡아보았다. 내 치매 기준은 선물할 책이 아니면서 같은 책을 두 권 사는 것으로.

글쟁이로 살다 보니 살림집에, 작업실에, 고향집에 책이 좀 있다. 살림집 책과 작업실 책은 오롯이 내가 장만한 것이지만 시골집 책은 조상 대대로 물려받았고, 특히 아버지의 장서가 많다. 하여튼 세 곳의 책을 합치면 삼만여 권 안팎.

아직까지는 같은 책을 두 권 사지 않았다. 그런데 요즘 와서 느끼는 건데 기억력이 늘 깜박깜박한다. 머지않아 같은 책을 살 것 같은 예감이 든다. 예전엔 어땠을까? 휴대전화 나오기 전엔 굳이 수첩을 보고 전화를 걸지 않아도 되었다. 한두 번 전화한 사람이면 바로 손가락 끝에 전화번호가 저장되어 다시 통화할 일이 있으면 손가락이 알아서 전화번호를 눌러주었기 때문이다. 번호자물쇠 비밀번호를 굳이 머리엔 저장하지 않아도 되던 시절이 있었다. 손가락 끝에 번호가 저장되어 있기에, 그래서 기억은 뇌만 하는 것이 아니라, 온 몸뚱이가 하는 거라는 게 나의 지론이다. 이런 게 적응 무의식인지도 모른다. 길을 가거나 운전을 할 때 일일이 어떤 동작을 머리로 기억하기보다는 몸뚱이가 알아서 하는.

오래전에 학교에서 있었던 일. 휴대전화 발신번호 서비스를 막 시작하던 시절. 조교가 발신번호 표시를 보고 누구에게서 전화가 왔다고 자랑하며 편리하다고 하면서 권했다. 그때만 해도 나는 굳이 그런 서비스가 불필요해서 나는 필요 없다고 했다. 그때는 발신번호 서비스에 돈을 낼 때이다. 그런데 공짜로 발신번호를 알려주는 세상이 되었다. 발신번호 표시가 편리한 건 알겠는데, 그 대신 휴대전화 번호가 머리에 잘

쓴다,,, 또 쓴다

저장되지 않는다.

기억력이 예전 같지 않은 건 독서에서도 나타난다. 예전엔 한 번 본 글은 그 글의 출처가 거의 기억났다. 대학에서 훈장 노릇을 할 땐 출석도 첫날 한 번 부르면 그 학생이 졸업할 때까지 부를 필요가 없었다. 이건 붙박이 학교는 물론 시간 강의 나가는 학교에서도 마찬가지였다. 언젠가는 재미삼아 명동에 나가 한 사람이 몇 번 같은 곳을 오가는지 헤아려보기도 했다. 고속버스가 휴게소에 섰을 때 내가 탄 차에 잘못 오르는 승객을 보면 일러주기도 했다. 그런데 지금은 그 모든 게 예전 같지 않다. 아, 옛날이여!

이젠 무엇보다도 연말이면 수첩을 정리하는 일이 큰일이다. 한 해 동안 연락한 사람, 안 한 사람 가려서 새 수첩에 올리고 내려야 하는 일을 한다. 이게 다 기억력이 예전 같지 않아 생긴 일이다. 이러다 조만간에 같은 책을 두 권 사는 일이 생길까 두렵다. 그렇더라도 가족들이여, '내 치매를 알리지 말지어다!'

휴대전화기도 가족?

.··

　지난 주말에 노모의 병원 점검을 계기로 형제들이 모였다. 나이 먹어가는 형제들에 비례하여 장성한 조카들을 보니 그 옛날 논 고동(우렁이)이 자기 속을 다 파내어 자식에게 먹이고 자신은 빈 껍데기 둥지로만 남던 모습이 떠오른다. 우리 형제들 역시 노모의 살을 다 파먹고 자랐겠지.

　형제 수만큼, 조카들 수만큼 휴대전화기도 같이 모였다. 휴대전화기는 지금 신체의 일부, 가족의 일부가 되어 있다. 집 안에 들어서자마자 모두들 휴대전화기 충전부터 한다. 벽의 전기 콘센트마다 꽂혀 있는 전화기……. 꽂혀 있는 전화기를 보면 누가 출석했는지 금방 알게 된다!

내 주변에도 휴대전화기를 안 쓰는 사람이 몇 있다. 그들보다 곁 사람들이 더 불편해하지만 정작 그들은 하나도 불편을 안 느끼며 저마다 그럴싸한 철학도 있다. 나는 휴대전화기를 칼날의 양면으로 여긴다. 칼은 잘 쓰면 좋은 도구이지만 잘 못쓰면 위험하기 짝이 없는 도구이기 때문. 휴대전화기가 못마땅하여도 쓰지 않을 수 없는 이치이기도. 하여튼 잘 쓸 수밖에!

예전에 훈장 노릇하던 시절 학생들을 보니까 휴대전화기를 집에 두고 나오면 왠지 불안하여 집에 다시 가지러 가느라 학교에는 지각. 그들에게 무슨 급한 용무가 있어서일까? 지하철에서 요즘은 다들 전화기에 고개를 박고 있다. 전화기 속의 화면을 진짜 현실로 느끼는 이들.

음식점 같은 데서 어린애가 울면 젊은 엄마는 바로 전화기를 안겨준다. 그러면 아이는 신통하게 울음을 그치고. 전화기가 어려서부터 신체의 일부가 되는 모습. 아이들은 이것저것 눌러보며 바로 사용한다. 하지만 노인들은 설명서를 한참 보고도 잘 사용하지 못한다.

나는 휴대전화기를 일찌감치 1990년대 중반부터 썼다. 당시 어떤 잡지의 인물 취재기를 썼는데 지방에 가 있으면 연락

4부_ 사람의 깊이와 넓이

169

이 안 된다고 편집부 직원들이 아우성. 게다가 외우 오민석 시인이 휴대전화기의 장점을 들며 권한 것도 일조했다. 나는 오 시인의 플립형보다 더 두툼한 아령형 전화기를 처음 썼다. 하지만 충전지 닳는 게 안타까워 전화기를 늘 꺼두었던 기억. 무거워서 주머니에 넣고 다니기도 좀 뭐해 정작 오는 전화는 무시하고, 내 필요할 때만 가방에서 꺼내 썼던 기억도……

자녀들을 원격조종하기 위해 휴대전화기를 자녀들 목에 걸어주던 시절도 있었으나, 지금은 노인들의 안부(?)를 바로바로 알아보기 위해 노인들에게도 휴대전화기를. 우리 노모도 막냇동생이 안겨준 전화기를 진즉부터 끼고 산다. 우리 형제들은 언제 어디서고 전화기를 울려 노모를 챙긴다(?).

인생은 주는 연습을 하는 것······

⋰

요즘 며칠째 〈각설이 타령〉 테이프를 차에서 듣는다. 지난 1980~1990년대에 4천여 회 공연한 연극 〈품바〉의 대본이다. 5·18 광주의 참상을 바탕삼아 썼다는 「품바」. 극작가이자 시인이었던 김시라 선생이 무안 향리에서 살며 그곳 천사촌의 실존 인물이었던 '천장근'을 중심으로 한 연극이다.

학생 때 이름을 김천동으로 기억하는 막내 숙부의 고교 동창생 김시라 선생. 그분과 생전의 인연은 없다. 하지만 서울 인사동 어딘가에 있는 어떤 가게의 옥호 '자네 왔는가'를 볼 때마다 그가 떠오른다. 김시라 선생이 일찌감치 1960년대에 『오 자네 왔는가』라는 제목의 시집을 펴낸 바 있어서이다.

요즘 운전할 때마다 〈각설이 타령〉을 듣는 건 '세월호' 때문이다. 젊은 시절 겪은 '광주'를 자꾸 떠오르게 하는 세월호. 세월호 수장이 하도 엄청난 일이라 글쓰는 사람으로 뭔가 기록하여야 할 본능이 작동한 듯하다. 김시라 선생이 광주의 참극을 바탕으로 「품바」를 썼다는 생각에 몇십 년 만에 다시 듣게된 것이야말로 아주 자연스러운 일인지도.

천장근은 일제 강압 시기 때 목포의 부둣가에서 노동을 하다가 부당함을 견딜 수 없어 노동자 파업을 주도한 뒤 무안 일로에 가서 동냥치로 숨어 산 인물이다. 그 뒤로 하나둘 걸인들이 모여든 게 천사촌의 시작. 천사촌의 자체 규약도 엄했고, 일정 시절과 6·25, 이승만 독재, 박정희 독재 시대를 거치는 동안에도 동냥치들이지만 사람의 존엄성을 잃지 않으려고 무진 애를 썼다. 어려운 시대를 거쳐 오면서 얻어먹는 사람들도 인간의 존엄을 지키려고 애썼는데, 이 나라 살림을 맡은 벼슬아치들은 그런 것 내팽개친 지 오래. 현재 일본도 아닌, 일본제국주의 시대에나 어울릴 인물이 총리에 지명되는 세상이기도 한 걸 보면 알 수 있다.

대본에서, 보통 사람은 신과 동물의 사이에 있고, 동냥치는 사람과 동물 사이에 있다며 자학한다. 하지만 그게 자학으로

쓴다,,, 또 쓴다

들리지 않는다. 지금은 동물보다 못한, 동물을 모욕하는 사람들이 얼마나 많은가.

세상에서 '가장 빠른' 것은 망설임 없이 적선을 베푸는 것이고, '가장 아름다운' 일은 뭐든 나눠주는 것인데, 있는 자들은 '가장 빠르게' 남의 것 받아 챙길 줄만 알더라고 일갈한다. 인생은 주는 연습을 하는 것이라며, 언젠가 죽으면 없어질 삭신이라 하면서 말이다.

인간은 본디 서로에게 기대며 다 얻어먹고 사는 존재라 하며, 그걸 모르고 돌팔매질하는 아이들에게도 자신들 같은 거지가 있어 너희들이 우쭐해하지 않느냐고 일갈하는 대목에선 코끝이 시큰해졌다. 오로지 서로를 딛고 서려는, 극도로 경쟁에 빠진 사회를 생각하니 더욱.

오후에 지하철을 탔는데 구걸을 하는, 몸이 비틀어져 제대로 걷지도 못하는 할머니급 여성이 종이를 나누어주며 도움을 청했다. 노점을 할 때 부랑자들에게 이유도 없이 얻어맞기도 했다며, 도와달라고 하는 게 너무 염치없다고 했다. 자리에 앉은 사람들, 다들 눈을 감고 종이가 무릎 위에 놓이면 귀찮은 표정을 지었다. 종이가 앉은 사람 무릎에서 미끄러져 바닥으로 떨어지기도 했다. 할머니는 어렵게 발걸음을 떼며 다시 종

이를 줍고……. 빈 자리가 많아 나도 앉았는데 오전에 두 시간
이나 강연한 터라 피곤하여 눈이 저절로 감기는 처지였다. 종
이를 다 나누어준 할머니가 내 앞에 다시 오자 지갑에서 천 원
짜리 한 장을 꺼내 건네주었더니, 큰 소리로 "고맙습니다"를
되풀이했다. 그 소리에 놀란 옆자리 앞자리 사람들 다섯 명이
나 천 원짜리를 꺼내서 할머니에게 건네주었다. 그때마다 할
머니는 큰 소리로 "고맙습니다!"라고 했다. 다들 할머니가 내
놓는 껌은 사양했다. 나는 원래 껌을 안 씹기에 사양하고. 다
시 전동차 앞으로 간 할머니. 근데 '고맙습니다' 소리가 다시
나지 않는 것 보니 그쪽에선 아무도 나서지 않은 성싶다. 한
사람이 먼저 구걸에 응하면 여럿이 지갑을 여는데…….

특별한서재의 신간

특서 해외소설

거울이 된 남자 신간

샤를 페로 지음 / 장소미 옮김 / 96쪽 / 11,500원

「신데렐라」, 「장화 신은 고양이」,
「푸른 수염」, 「잠자는 숲속의 공주」의 작가

국내 최초로 소개되는
샤를 페로의 첫 성인 동화!

특서 에세이

농부가 된 의사 이야기 신간

이시형 그림 에세이 / 264쪽 / 16,000원

정신과 의사 이시형의
마음을 씻는 치유의 글과 그림!

지친 사람들을 위한 120가지 이야기!

특서 에세이

어른답게 삽시다

이시형 에세이 / 248쪽 / 14,000원

미운 백 살이 되고 싶지 않은
어른들을 위하여

"나이를 먹는다고 어른이 될까요?"

★ 한국청소년신문사 에세이부문 최우수상
★ 국립중앙도서관 사서추천도서

2019
문학나눔
선정도서

특서 소설

바람을 만드는 사람

마윤제 장편소설 / 334쪽 / 13,800원

**광대한 원시의 땅 파타고니아를 배경으로
자신의 길을 찾아가는 한 남자의 이야기!**

"아무도 나의 삶을 대신할 수 없고
 속박할 수 없다"

★ 한국출판문화산업진흥원 추천도서

2017
세종도서
문학나눔
선정도서

특서 소설

내일은 내일에게

김선영 장편소설 / 224쪽 / 12,000원

**어른이 된 내가 열일곱 살의
'나'에게 건네는 위로**

스무 살이 되기 전에 몸 속 눈물을
모두 말려버리는 것이 목표인 연두의 이야기!

★ 2019 아침독서신문 선정도서
★ 2018 충남 남부권역 함께 한 책 읽기 선정도서
★ 2018 순천시 One City One Book 선정도서
★ 서울시 교육청 청소년 추천도서

2018
세종도서
문학나눔
선정도서

특서 에세이

눈을 맞추다

김미나 지음 / 184쪽 / 11,200원

오직 한 사람
'특별한 존재'라는 자존감,
단 한 번뿐인
'특별한 인생'을 위한 이야기!

의사의 말 한마디

임재양 글 · 이시형 그림 / 180쪽 / 13,000원

**동네 골목에 한옥 병원을 짓고
행복을 나누는 의사의 뒤뜰 이야기!**

"병(病)만 보지 않고 사람도 봅니다"

★ 고도원의 아침편지 추천도서
★ 한국청소년신문 힐링케어부문 최우수도서

그분이라면 생각해볼게요

유병숙 지음 / 312쪽 / 14,800원

**열여덟 순정을 살다 가신 어머니와
'언니'가 된 '며느리' 이야기!**

사람살이의 난경(難境)과
아름다움에 대한 절절한 고백!

★ 제12회 한국문학백년상 수상

2019
세종도서
문학나눔
선정도서

우리는 왜 책을 읽고
글을 쓰는가?

– 새로운 방식의 책 읽기와 글쓰기

마윤제 지음 / 208쪽 / 13,800원

보이지 않는 것을 보이게 하는 힘!

"독서를 멈추는 순간, 세상도 멈춘다!"

특서 인문교양

있는 그대로 나답게

도연 지음 / 248쪽 / 14,000원

카이스트 출신 도연 스님의 행복하게 사는 법

"내가 나로 살기로 결심한 순간부터
몰랐던 내가 보이기 시작합니다"

특서 인문교양

제4의 식탁

임재양 지음 / 162쪽 / 13,800원

최재천 교수가 추천하는
요리하는 의사의 건강한 식탁

"맛 위주가 아니라 건강 위주로 먹어야 한다"

★ 고도원의 아침편지 추천도서
★ 국립중앙도서관 사서 추천도서
★ 2019 국립중앙도서관 휴가철 읽기 좋은 책 100선

특서 인문교양

말할 수 있는 비밀

한준호 지음 / 200쪽 / 14,000원

나도 옳을 수 있다는 용기!

MBC 전 아나운서가 알려주는
'진정성 있는 말하기'에 관한 감동 에피소드!
내 인생에 타이틀을 달아보자!

특서 자기계발

니 마음대로 사세요 신간

박이철 지음 / 296쪽 / 15,500원

내 마음대로 살아도 모두가 행복한 마음사용법

마음의 본질에 대한 공부!
마음에 휘둘리지 않는 법!
마음은 인간이 가진 가장 큰 무기다!

제자뻘

부모뻘, 누님뻘, 형님뻘, 자식뻘 할 때의 접미사 '뻘'……. 나이가 들고 보니 유난히 '제자뻘'이 많다. 선생 노릇을 오래한 것도 아니다. 붙박이에다 시간 강의 나간 것까지 다 해봐야 대학 훈장 노릇은 평생은커녕 20년 정도나 했을까? 학교에서 굳이 나에게 수업을 안 들었어도 요즘은 자칭 내 '제자뻘'이 적잖게 생겼다.

유신시대 말기였던 1970년대의 전남대학교. 적은 상과대학에 두고 있었지만 옆 건물이었던 문리대에 눈길이 더 가던 시절이었다. 소설가 송기숙 선생이 거기 계셨고, 그쪽에 소설을 잘 쓰던 임철우 선배와 시를 잘 쓰던 곽재구 선배가 있어서 그랬던 듯하다. 전설 같았던 김남주 시인도 그 건물을 드나들었다는 사실이 얹어졌고, 박몽구 시인도 그 건물을 드나들었고 (나중에 보니 소설가 공선옥, 장정희, 시인 임동확도 그 건물을 드나들었다) 그밖에 이런저런 문인 지망생들이 많이 드나들던 문리대 건물. 어쨌든 송기숙 선생 강의는 한 강좌도 듣지 못했다. 걸핏하면 해직되어 학교 밖으로 쫓겨났으니……. 그래서 그분의 소설『도깨비 잔치』나『자랏골의 비가』를 읽으며 아쉬움을 달래야 했다.

나중에 문단에 나와 인사를 처음 드리자 다른 사람들에게 대뜸 '내 제자뻘'이라고 소개하셨다. 나는 송 선생의 '제자뻘'도 감지덕지한데, 어느 순간부터는 아예 '내 제자'라고 소개하셨다. 근데 이제 내가 그러고 있다. 학교에서 직접 내 수업을 들은 학생 말고도 이런저런 일로 얽힌 젊은 작가를 누군가에게 소개할 때 처음엔 '제자뻘'이라 했다가 이젠 아예 '제자'라고 한다. 스승과 제자. 물론 직접 가르치고 배워야만 하는 건 아니다. '사숙'이라는 말이 있는 것 보면……. 그런데, 과연 나는 젊은 작가를 감히 제자라고 소개할 만하게 좋은 스승일까?

소설가 문순태 선생의 시집『생오지에 누워』를 읽었다. 내고교 시절 3학년 때 담임선생이, 문순태는 오로지 글을 쓰고 싶어 스승(김현승 시인)을 따라 학교를 옮겨가며 공부했다는 얘기를 들려주셨다. 그때 이후 글쟁이 문순태라는 이름을 새긴 뒤, 대학 다닐 때 그의 수몰민에 대한 소설을 읽으며 전율했던 기억이 새롭다. 한 번도 뵙지 못하다가 몇 해 전 어느 심사 자리에서 처음 뵈었다. 그는 애초에 시로 출발했지만 그간 소설을 주로 쓰다가 어느 날 시가 찾아와 다시 시를 썼단다. 스승은 '소설을 시처럼' 쓰라 하셨고, 스승이 곁에 계신다면 '시를 소설처럼' 쓰겠다고 다짐하시는 그. 돌아가신 지 사십 년이 훌쩍 넘었는데도 김현승 시인은 문순태 선생에게 아직도(아니, 여전히) 스승이다. 내겐 송기숙 선생이나 문순태 선생은 작품을 통해 '사숙'해마지 않던 문학 스승들!

노동절 유감

.·´¯`·.

　해마다 5월 1일 노동절을 맞으면 말의 '의미'를 생각한다. 올해도 마찬가지. 5월이면 나 같은 사람은 종합소득 신고를 해야 한다. 중순 넘어가면 세무서가 복잡해서 첫날 가서 신고한다.

　세무서 신고소에 들어가자 대기표를 뽑아주는 젊은 세리가 묻는다. 근로자입니까? 사업소득자입니까? 자신들은 근로자가 아니어서 '근로자의 날'인데도 관공서는 쉬지 않고 일을 한다면서······.

　근로자는 아무 생각 없이 자본주의의 노예가 되어 무작정 근면하고 성실하게 일만 하는 노동자를 뜻한다. 노동자는 자

쓴다,,, 또 쓴다

본주의의 모순에 대해 늘 자각을 하면서 일을 하는 사람을 뜻하고. 똑같이 일을 하는 사람을 뜻하지만 노예로 생각 없이 일을 하느냐, 주체가 되어 생각하며 사느냐 하는 차이이다. 당연히 자본가나 지배꾼들은 근로자가 좋다. 뭐든 그들이 말한 대로 '예, 예' 하는 존재일 테니까. 각종 '근로세', '근로'소득 원천 징수 영수증이니 하는 말이 많이 쓰이고 있는 걸 보면 알 수 있다.

소싯적에 '야매'로 익힌 영어이지만, 노동자의 영어식 표기는 worker이고 근로자는 employee인 줄은 안다. 박정희가 '라이방'을 쓰고 군사반란을 일으킨 5·16 이후 우리나라엔 노동자는 없고 근로자만 있다. 그런데 아직도 안 고치고 '노동절'을 '근로자의 날'이라고 한다. employee는 가사 노동 같은 것을 설명할 수도 없다. 일하는 사람은 마땅히 worker이어야 한다.

하나 더, 종합소득 신고를 받는 세리는 참 고압적이더라. 아무래도 자신이 시민의 공복이라는 의식이 없는 공무원인 듯. 요즘 갑질이라는 말이 유행하는데, 시민 위에서 대단한 벼슬을 하고 있는 듯한 '갑'의 자세. 게다가 업무 숙지도 안 되어 있어 더욱 문제. 예를 들어 출판사에서 세금을 원천징수하

고 인세를 주는데 그걸 다시 세무 신고 하는 것도 이해 못하
면서 되레 큰소리만!

나는 공인이 아니다

. . . . .

    나는 공인이 아니다. 한 번도 나라의 녹을 먹지 않았다는 얘기. 공인은 면직원 내지 동직원서부터 대통령에 이르기까지 국민한테서 거둔 세금을 월급으로 받는 사람이다. 나는 한 번도 국민의 세금을 월급으로 받은 적이 없다. 사립대학의 녹을 먹은 적은 있지만, 그건 국민한테 직접 거둔 세금이 아니다.

    대신 나는 세금을 많이 낸다. 십만 원짜리 원고 하나를 써도 3.3퍼센트 이상인 원천징수를 하고서 원고료를 준다. 이는 일간 신문이든 월간 잡지이든 같다. 단행본 책의 인세도 마찬가지. 그러고도 5월이면 종합소득 신고를 해서 원천징수 한 것 이상의 세금을 또 낸다. 내 세무처리를 해주는 세무사는 불법적인 '탈세'는 물론 합법적인 '절세'도 해주지 않는다. 고지식하리만치 조목조목 따져서 세금을 오히려 더 내게 한다! 탈세를 못해 보았기에 나는 애초에 인사 청문회에는 설 자격이 없다. 덕분에 나는 건강보험료만 해도 삼십만 원 넘게 낸다. 근데 나보다 수백 배(어쩌면 수천 배인지도……) 부자인 전 청와대 입주자 이 머시기 씨는 이만몇천 원을 낸다고 한다.

나는 집도 문짝만 겨우, 아니 현관만 내 것이다. 방이며 마루 모두 은행 것이다. 차도 십 년이 진즉 넘었고 내일모레면 사십만 킬로미터를 찍는다. 나는 생계형 운전자이다. 소싯적에 우리 또래가 본 영어책 예문에 나온, 운전기사도 가난하고 정원사도 가난하고 식모도 가난한 집주인이 아니다. 집주인 본인이 '가난'하다.

나는 글로 밥을 먹고 못 살면 운전면허증이라도 있어야 밥을 굶지 않을 것이라 생각하여 택시 운전을 할 수 있는 면허증을 취득하였다. 다른 기술 면허증이 없는 까닭에 그렇게 했다. 열차가 들어가지 않는 지역에 강연 가려면 시간을 비롯, 여러 가지 여건상 운전을 해야 한다. 하여튼 생계형 운전자이다. 근데 집 있고 차 있으니 건강보험료를 많이 내야 한다.

신문에 내가 쓴 글이 나오거나 나에 대한 기사가 나오거나

쓴다,,, 또 쓴다

책 나온 뒤엔, 기다렸다는 듯 '공인' 운운하며 허접한 신문 잡지 구독 신청이나 정체를 알 수 없는 복지 단체에서 후원금을 요청한다. 후원금은 여러 단체에 내 스스로 알아서 내고 있고, 필요한 잡지도 알아서 보고 있으니 제발이지 그런 전화하지 말았으면! 적십자 회비도 내지 않은 지 여러 해 된다. 이 머시기 정부일 때도 안 냈고 박 머시기 정부 때도 안 냈다. 박 머시기 정부의 적십자 총재는 적십자 회비를 안 내고도 총재했는데 내가 왜? 나는 총재는커녕 그쪽 문지기도 맡을 일 없는데!

하여간 나는 공인이 아니다. 그렇다고 유명인은 더더욱 아니다. 우리 고향 마을 사람들이나 집안사람, 소싯적 동무들은 내가 무엇을 하는지조차 모른다. 나는 그냥 박 씨 집 맏이이자 누구 아들이고 누구 형일 뿐이다. 그러니 절대로 유명인이 아니다. 누구는 책 한 권 가지고도 이삼백 만 부를 파는데 나는 문필업을 사반세기 이상 하는 동안 낸 책을 모두 합쳐도 그 부수가 되지 않는다. 나는 소총 부대이지 대포 부대가 아니다.

강조하자면, 나는 세금을 잘 내는 모범 납세자이지 세금으로 먹고 사는 공인이 아니다! 공인은 무조건 국민에게 봉사해야 한다. 며칠 전 동사무소에 볼 일이 있어 들렀는데, 그곳 공인들이 업무 숙지가 안 되어 있어서 애를 먹었다. 국가의 녹을 먹지 않는 내가 국가의 녹을 먹는 공인들을 되레 거들어야 했다. 그런데도 그들은 당당하게 굴며 딱딱거렸고 난 그들의 서슬에 눌려 아무 말을 하지 못했다. 원, 세상에, 지금 생각해 보니 '조금' 억울하다. 사실은, '많이'!

5부

사람살이의 그림자

사랑을 사랑이라 하면……

. . . .

　소설 『적과 흑』의 작가 스탕달Stendhal. 그는 "사랑이란 세상에 존재하지 않는 어떤 완벽성을 상대에게 덧씌움으로써 생긴 허구이기 때문에, 언젠가 그 허구(환상)가 벗겨지면 사랑도 함께 사라진다"고 했다. 이렇게 말하면서 그는 그의 '수정론'에서 소금광산에 나뭇가지를 놔두었더니 투명한 소금 알갱이가 나뭇가지에 잔뜩 달라붙은 게 마치 수정으로 장식된 것 같더라면서 자신의 '사랑론'을 완성(?)했다.

　스탕달에 따르면 12세기 프랑스엔 '사랑의 법정'이라는 게 있어서 '사랑의 법전' 조문에 준거하여 재판도 했다고 한다.

　　　　　　　　　　　　　　　　　　쓴다,,, 또 쓴다

고개를 끄덕이게 하는 것도 있고, 우리 속담과는 다른 것도 있어 생활 방식 차이를 알 수도 있다.

사랑의 법 제2조를 볼작시면 '숨기지 못하는 자는 연애를 할 수 없다'는 구절이 있다. 이는 이상 소설 『실화』의 한 구절 인 '비밀이 없는 것은 재산이 없는 것과 마찬가지로 가난하다' 는 취지와 일맥상통한다. 현대 프랑스 소설가 파스칼 키냐르 의 말마따나 '비밀이 없다는 건 영혼이 없는 거나 마찬가지'하 고도 통한다.

같은 법 제13조 '공개된 연애는 영속하는 경우가 드물다'는 조문은 비밀스런 연애를 한 번 더 강조한 듯하다. 이는 떠들 썩한 연예인들의 연애만 봐도 알 수 있는 일이다.

제3조 '누구라도 동시에 두 사람과의 연애는 할 수 없다'는 구절은 '품마다 사랑 있다'는 우리 속담과는 다르다. 제17조 '새로운 연애는 오래된 연애를 내쫓는다'는 우리 속담 '새 사랑 은 묵은 사랑을 몰아낸다'와 같다.

나는 '사랑을 사랑이라 하면 이미 끝난 사랑'이라고 여긴다. 문학에서도 마찬가지. 사랑이라는 말을 한 마디도 쓰지 않으 면서 사랑의 분위기를 느끼게 하는 게 좋은 문학이다. 사랑에 빠진 자는 결코 사랑을 들먹일 필요가 없을 터이므로!

사랑이 끝나면 "내가 너를 얼마나 사랑했는 줄 알아?" 하면서 '사랑'을 확인하려고 든다. 그런 차원에서 보면 오래전 텔레비전 연속극 대사 "아프냐? 나도 아프다!"엔 사랑의 감정이 물씬 묻어 있다. 사랑은 확인이 아니라 삶을 함께 만들어나가는 것이다. 사람과 사물 사이에서 서로의 관계성, 상응성이 있어야 서사가 발생한다. 서사는 단순히 확인만 해서는 발생하지 않고 사람이고 사물이고 서로 부딪쳐야 발생한다.

　정치꾼들은 걸핏하면 자신들이 국민을 얼마나 사랑하는 줄 아느냐 하며 으름장을 놓는다. 사랑이 뭔지 당최 모르는 족속들이다. 세월호 수장과 함께 바다에 잠긴 어린 영혼들은 평소에 사랑이라는 말을 함부로 쓰지 않았단다. 죽어가면서 사랑이라는 말을 겨우 했단다. 하지만 가족이나 친구 모두들 평소의 그들 행위가 사랑인 줄 다 알았으리…….

사랑은 전쟁 중에도!

내 작품집 가운데 『세상에 단 한 권뿐인 시집』이라는 단편 소설 모음집이 있다. 요즘 강연 시 자주 받는 질문 가운데에 그 작품집에 들어 있는 개별 소설에 관한 것이 많다. 특히 왜 주인공들이 대부분 불행해지느냐, 는 것이다. 말하자면 '해피앤딩'이 아니고 '배드앤딩'이라는 것을 따진다.

사회적 정의를 말하면 당사자는 왕따를 당하고 이어 자식도 왕따를 당하고 마침내 자살해야 하는 현실이다. 사랑해선 안 될 '묘한' 사랑을 하고, 아빠는 부재이거나 무능하고 엄마는 극성이고, 1등 해도 죽는 건 뭐냐며 따진다. 나는 소설은 현실의 반영이라 강변한다. 현실과 무관한 듯하지만 소설을 통해 독자는 대리만족을 하기도 하고, 정화되기도 하고 배설해버리기도 한다고 대답한다.

작가도 기왕이면 '행복한 결말'을 바란다. 그러나 작품 속 등장인물들이 들려주는 얘기는 결코 행복한 소리가 아니다. 그들은 자신의 불행한 처지를 들려준다. 믿거나 말거나, 작가는 등장인물이 들려주는 걸 받아 적는 사람이지 그들에게 이래라저래라하는 사람이 아니다. 행복한 결말(happy ending)이든 불행한 결말(bad ending)이든 그 뒷이야기는 독자가 판단해야 한다. 그래서 작품은 작가의 손을 떠난 뒤 독자에게 가서 마침내 완성되는 것이리라.

지금 우리의 현실이 어지럽다. 일제 강점기에 독립운동을 한 이들의 후손들과 친일을 한 이들의 후손들의 삶도 천양지차로 갈린다. 그뿐인가? 유신시대에 몸 사리지 않고 독재를 반대하며 민주화운동에 헌신했던 이들은 지금 어떻게 되었나? 다시 유신시대로 돌아가 권력을 쥔 자들이 그들을 조롱한다. 가치가 다 무너졌다. 그러나 흘러간 물은 물레방아를 다시 돌리지 못하는 법. 일희일비하지 말자.

현실이 아무리 엄혹할지라도 할 것은 하며 살아야 한다는 게 나의 생각. 이 판국에 사랑? 이 판국에 밥? 이 판국에 술?

쓴다,,, 또 쓴다

그러지 말자. 이런 분위기를 만든 이들은 사람들이 의기소침
해할수록 회희낙락거린다. 사랑은 전쟁 중에도 하고, 밥은 부
모 시신을 옆에 두고도 먹는다. 술은 어이없을 때도 마신다.
사람은 그런 존재다. 그러해야 한다.

관형어의 꼼수

.·˙

1972년 10월 17일, 형식적인 선거도 귀찮고 종신 대통령직
을 꿈꾸었던 독재자 라이방 박, 박정희 대통령은 '한국적' 민주
주의의 토착화를 내세우며 '한국적' 민주주의를 뿌리박자, 라
는 기치를 내걸고 시월유신을 단행하였다. 향리의 중학교 2학
년이던 까까머리 중학생들은 그해 12월 말에 공포된 이른바
'유신'헌법을 겨울방학 동안 달달 외웠다. 3학년 때 배울 사회
과목인 '공민'에 들어가기 때문이다.

북의 주체헌법과 발효일이 같았다는 건 한참 뒤에야 알았
으며, 어떤 아나운서는 라이방 박의 시월유신 구호 한국적 민
주주의를 '뿌리박자'를 한국적 민주주의를 '뿌리뽑자'로 잘못

읽어(실은 제대로 읽은!) 곤욕을 치렀다는 사실도 한참 뒤에 알
았다. 어린 우리는 그저 통일주체국민회의 대의원들이 체육
관에서 대통령을 뽑는다는 사실이 의아할 뿐이었다. 그러나
그뿐. 누구도 그것의 의미를 설명해주지 않았다.

　라이방 박은 한국적 민주주의, 라는 말로 유신을 포장했다.
그런데 민주주의 앞에 '한국적'이라는 관형어가 필요할까? 민
주주의는 민주주의라는 말 자체로 충분하다. 아무리 민주주
의가 불완전한 정치 형태라지만 민주주의 앞에 다른 말을 덧
붙이면 민주주의는 더 불완전해진다. 체언 앞에 관형어가 붙
는 건, 요즘 농촌에 신부감이 없어 장가 못 드는 '농촌 노총각'
의 '농촌'처럼 그 체언의 본질을 더 잘 드러낼 필요가 있거나
그 체언을 구체적으로 설명하고자 할 때 쓰는 걸로 알고 있
다. 대한민국의 민주주의 본질을 더 잘 설명하기 위해 앞에
'한국적'이라는 관형어를 붙였을까? 라이방 박은 그러고도 남
을 인물!

　라이방 박은 일찍이 민주주의가 불완전하기 짝이 없다는
걸 알고 한국적 민주주의를 찾았을 게다. 그에게 대한민국은
보편적인 민주주의를 할 수 없는 곳이었을 거다. 진짜 그랬을
것이다. 라이방 박은 원조 독재자 이승만 시절부터 반란을 꿈

꾸었다. 이씨 정권이 4·19혁명으로 뒤집어지자 초조하고 불안했으리라. 그러기에 곧바로 군사반란을 일으켰겠지……. 그는 군사반란을 일으킬 때부터 민주주의가 못마땅했다. 국민이 주인이라니……. 권력은 총구에서 나오는데! 아마 이런 생각이었던 듯하다.

이른바 막걸리 보안법을 비롯, 온 국민을 공포 분위기로 몰아넣으며, 남자들 머리 길이와 여자들 치마 길이까지 권력으로 다스리면서도 정작 자신의 허리 아래는 요즘 어떤 '노인' 탤런트의 '묻지도 따지지도 않는다'는 막가파식 보험광고처럼 멋대로 굴었던 라이방 박. 병원이나 터미널 같은 곳의 텔레비전에서 그 보험광고 말을 들을 때마다 막가파 라이방 박의 독재에 이어 그의 허리 아래가 떠오르는 건 어인 까닭일까? 그렇게 꼼수를 부렸던 라이방 박의 상속녀가 '유신2'를 이어가다가 '가막소'에 가 있다. 여기저기 말의 꼼수가 다시 살아난다. 조폭들의 전문용어였던 '의리'를 가져다가 쓴 '의리' 정권이라는 말도 그 가운데 하나이다. 역시 상속녀는 '막가파의 후예'답다. 여기서 '막가파의'는 후예의 본질을 더 잘 드러내는 쓸 데 있는 관형어 역할!

쓸데없는 관형어는 요즘 대학에도 있다. '교수'라는 말 앞에

　　　　　　　　　　　　　쓴다,,, 또 쓴다

붙이는 '객원/겸임/초빙/대우~' 같은 말. 이런 관형어도 실은 필요 없는 말이다. 그런 말에선 벌써 꼼수 냄새가 난다. 정년을 보장하기 싫어, 비용을 줄이기 쉬워, 교원 수 충족하기가 쉬워 대학에선 교수 앞에 온갖 말을 갖다 붙인다. 이젠 '연구' 교수니 '강의' 교수니라는 말도 생겨났다. 연구 안 하고 강의 안 하면 그게 교수인가? 교수 앞에 이런저런 말을 붙이는 대학 당국의 처사는 결국 '한국적' 민주주의처럼 쓸데없는 관형어의 꼼수!

구두점 원리

. . . . /

    천주교 정의구현 전주교구 사제단의 '박근혜 대통령 사퇴 촉구 시국미사' 강론을 두고 말이 많다. 강론 전체 내용은 무시하고 오로지 박창신 원로신부의 연평도 포격 발언 논란을 일으켜 또 종북몰이를 하고 있다. 마음에 안 들면 누구든 좌빨에 종북이라고 몰아친다. 옛날엔 빨갱이라 하더니……

    강론의 주제는 국가기관 개입으로 당선된 대통령은 대통령이 아니고, 부정선거를 한 전 청와대 입주자 이 씨는 책임져야 한다는 것이다. 근데 이런 얘긴 다 놔두고 거두절미에 맥락 무시하고서 '연평도 포격' 발언을 두고 찧고 까분다. 유신2정권의 종북 여론몰이 계산이 벌써 상당히 통한 듯하다. 많은 사람

쓴다,,, 또 쓴다

들이 국가기관 동원 부정선거를 나무라는 게 아니라, 박 신부를 나무란다. 종북 빌미를 줬다나? 전략전술이 부족했다나?

빌미와 전략전술을 들먹이는 건, 여름철 가벼운 옷차림의 여성이 성폭행의 빌미를 주었다는 것과 다름없다. 여성이 어떻게 입든 성폭행을 안 하면 되지, 왜 성폭행을 해놓고 자신의 행위를 억지 정당화해? 상대에게 빌미 운운하며 덮어씌우는 게 과연 정당한가?

앞뒤 딱 잘라먹고 자신들 맘에 드는 말만 맥락 없이 들어내서 찢고 까부는 걸 심리학, 교육학, 문학에선 '구두점 원리'라 한다. 똥 싼 놈이 더 성내는 세상이다. 이런 말 하면 이상한 사람들이 나보고 또 '회개'하라고 하겠지? 부디 전말을 뒤집지 말고, 거국적으로 혹세무민하는 자들의 말에 속아 넘어가지 말자! 나부터 안 넘어가려고 날마다 '회개'하고 '참회'한다.

그놈이 그놈이고, 그년이 그년이라지만……

. . .

'나는 정치는 싫다!'는 사람들이 있다. 이놈이나 저놈이나 이 년이나 저년이나 다 똑같다며, 그놈이 그놈이고 그년이 그년 인데 뭐 하러 투표해, 한다. 투표에 참여하는 사람을 아예 미 개인 취급하며 어처구니없는 고상(?)을 떠는 그들. 그들에게 선거는 최악이 아닌 차악을 뽑는 것이라고 말해도 소용없다.

말인즉슨, 그 '고상자'들 말이 맞긴 하다. 이놈이나 저놈이 나 이년이나 저년이나 다 똑같다. 하지만, 그나마 투표를 안 하면 개중에서도 '가장 나쁜 놈이나 년'이 당선된다, 는 사실 도 알아야 하리. 정치를 혐오하는 게 마치 자신은 '까마귀들 노는 데에 가지 않는 백로' 같겠지만 가장 더러운 까마귀가 가

쓴다,,, 또 쓴다

장 더러운 흙탕물을 튀길 때는 어찌 할 것인지. 그러고 보면 '나는 정치는 싫다!'는 말도 사실은 정치적이다.

정치는 다수를 점한 패거리들이 다 해먹는 것 같아도 소수 자들이 낸 목소리를 언젠가는 자기들 정책에 반영하지 않을 수 없다. 다만 소수자들의 아이디어나 정책이었다고 밝히지 않을 뿐이다. 왜냐하면 최악인 그들도 인간인 '척'하지 않을 수 없어 인간 흉내를 내기 위해서라도 인간들의 주장을 받아 들이지 않을 수 없는 것이다.

물론 투표를 하지 않는 것도 정치적인 행위이다. 그렇다고 해서 지금 당장 직접민주주의를 할 수는 없다. 간접적으로나 마 투표 행위를 통해 자신의 의사 표시를 해야 할 판. 뒤에서 투덜거리기만 할 일은 아니다.

선거 전엔 인간도 아닌 자들에게서 그나마 인간 대접을 받지 만, 선거 끝나면 인간도 아닌 자들에게서 바로 그들과 동등한 취급을 받게 된다. 아니 그들보다 못한, 그 이하의 취급을 받게 된다. 그들은 유권자를 선거 전에는 하늘의 별이라도 따다 줄 것처럼 떠받들지만, 선거 끝나면 바로 자신들과 동급인 인간도 아닌 자, 나아가 그보다 더 아래 등급으로 취급한다. 자신들과 같은 짐승인 줄 알기에 짐승 취급을 한다. 그래도 괜찮은가?

상상? 공상?

. . .

    일본 만화가 사토 슈호의 의학 만화인 『헬로 블랙잭』에 이런 장면이 나온단다.

노련한 외과의 : 수술을 잘 하려면 어떤 게 중요할까?

젊은 인턴 의사 : 기술도 좋아야 하고, 경험도 무시 못 할 거고, 시설과 장비도 좋아야겠지요.

노련한 외과의 : 그런 것도 중요하지만 무엇보다도 중요한 건 수술 집도의의 '상상력'이야! 똑같이 생긴 몸도 없고, 똑같은 병도 없거든!

쓴다,,, 또 쓴다

나는 상상력은 어떤 일을 해결하고자 할 때 밑천이 되는 것이라고 생각한다. 밑천을 많이 마련하는 첫째는 독서이다. 왜냐하면 세상일을 모두 직접 체험해볼 수 없으니까. 간접적으로 접할 수 있는 것 가운데 책 읽기가 가장 수월하니까.

스스로 상상력이 좋다고 말하는 사람들 대부분 공상 내지 쓸데없는 생각을 상상력이라 착각하는 듯하다.

시방 온갖 요망한 것들이 설친다. 그들의 마지막이 그려지는 건 상상력일까? 공상일까? 쓸데없는 생각일까?

일정 말기에도 별 요망하고 요사스런 자들이 다 설쳤다. 심지어는 일정 체제가 적어도 백 년은 갈 줄 알고 친일했다는 시인도 있었으니, 그의 상상력은 아주 빈곤했다고 할 수밖에……

꼴불견 등장인물

.·´

명동 쪽에 회의가 있어 지하철을 탄 날이었다. 사당역에서 갈아타야 하기에 갈아탈 열차의 승강장에 가서 서 있었다. 그런데 웬걸? 사당역에서 출발하는 빈 열차가 들어오는 게 아닌가? 이런 게 횡재? 아무튼 횡재한 기분! 열차 문이 열려 여유 있게 자리를 골라잡아 앉으려고 천천히 걸어가서 막 앉으려는 순간, 누가 나를 밀치고 그 자리에 앉았다. 나는 머쓱해서 건너편 자리로 발길을 옮겼다. 나를 밀친 이는 내 뒤에 서 있던 젊은 아가씨. 자리도 많은데 왜 그랬을까? 그런 생각도 잠시. 아가씨는 가방에서 화장품을 마구 꺼내더니 화장을 시작했다. 아, 근데 같이 딸려 나온 휴지가 열차 바닥에 떨어졌다.

쓴다,,, 또 쓴다

아가씨, 그걸 주우려는 생각은 애초에 없는 듯하다. 가방에서 흘러나와 떨어진 걸 한번 쳐다보더니 휴지임을 알자 손에 쥐고 있던 영수중 같은 종이도 같이 버렸다. 그리고선 계속 얼굴에 분칠을 했다. 사당역에서 명동역까지 가는 내내.

한두 정거장 지나며 어느새 손님이 자리에 다 들어찼지만 아랑곳없이 꿋꿋하게 화장을 하는 아가씨. 거울을 요리저리 쳐다보며 눈썹에 붓칠까지 했다. 자기 얼굴은 신경 쓰면서 열차바닥은 전혀 신경 안 썼다. 나도 휴지를 안 주웠다. 명동역에서 내릴 때 그 휴지를 주워 아가씨 앞에 모아주고 오지 못한 게 무척 아쉬웠다. 옛날 같으면 그랬을지 모르지만 이제는 '봉변'이 두려워(?) 그러지 못한다. 꼴불건 1호.

볼썽사나운 일은 계속 되었다. 열차 안에서 남진과 겨집이 얼싸안고 입 맞추며 서로 몸을 더듬는 바람에 내가 눈길을 피해주어야 했던 일이다. 꼴불건2호. 남진은 젊은 양인이었고 겨집은 내국인. 둘은 거의 영화 찍는 수준으로 남의 시선 아랑곳없이 공연(?)을 했다. 어릴 때 본 숫캐와 암캐의 교미 장면이 떠올랐다. 개들은 찬물을 부으면 떨어졌는데……

문에서 가까운 내 옆 지하철 좌석에 앉은 오십대 중년여자가 휴대전화기를 꺼내 뭔가 본다. 그걸 들여다보려 앞 삼십대 여자가 애를 쓴다. 오십대 여자, 보이지 않게 덮개로 가린다. 몇 정거장 지나 내린다. 떨어진 곳에 있던 다른 여자가 거의 몸을 날리다시피 해 그 자리에 앉는다. 계속 서 있게 된 삼십대 여자, 자신 앞에 앉은 여자를 쏘아본다. 앉은 여자 눈을 감는다. 도둑이 제 발 저리는 꼴? 꼴불견 3호와 4호 발생. 다른 사람들 거개가 휴대전화기에 머리를 박고 있다. 묘한 풍경.

이 대목에서 이야기 발생.

등장인물 : 화장하는 여자. 휴지 버리는 여자. 남의 휴대전화 훔쳐보려는 여자. 자리에 몸 날리는 여자. 쏘아보는 여자. 중인환시리에 아랑곳없이 공연하는 남진과 겹집. 바라보다 눈을 감아야 하는 나의 심리와 행동, 휴대전화에 머리를 박고 있는 승객들 등등. 아, '진상'이었다며 큰 소리로 회사 내 누군가를 들먹이던 회사원 차림의 남자도 있었지. 통화를 안 들으려 해도 무슨 내용인지 다 알겠다. 진짜 '진상'의 주인공은 남의 귀 아랑곳 않는 그. 꼴불견 5호라 할 만. 그도 등장인물.

이야기는 세상 도처에 수두룩 있다. 학교에 있었다면 학생들에게 이런 얘기 들려주고 '희곡'으로 한번 써보라고 했을 텐

쓴다,,, 또 쓴다

데⋯⋯. 배경음악은 마침 옛 시디를 틀어주며 사기를 바라는 이른바 '잡상인'. 그는 추억의 팝송임을 강조하며, 한 시디에 여러 노래를 모았다며 캔사스Kansas의 〈dust in the wind〉를 크게 틀어주며 열차 객실을 왔다 갔다 했지만 아무도 시디를 사지 않았다.

보리싹을 잔디로?

⋰

ㅎ재벌의 왕회장이라 불렸던 이가 그 옛날 자기 무용담을 털어놓을 때 든 예이다. 그는 사업 초기 미국 차관이 필요한 때 뭔가 '보여주어야' 할 필요가 있었단다. 골프장 짓는다며 돈을 끌어와야 하는데 겨울이라 잔디가 문제였단다. 그때 그는 그 당시 농촌의 겨울 밭에 지천이던 보리를 생각했다. 그래서 보리싹을 골프장에 옮겨 심은 뒤 미국 관계자들을 불러서 보여주었단다. 우리는 겨울에도 새파란 잔디를 심을 수 있노라고!

그에겐 그게 돈을 따내기 위한 자랑이었는지 모르지만 대한민국 토건 사업의 불행은 거기서부터 시작되었다. 뭐든 일

쓴다,,, 또 쓴다

단 눈을 속이며 겉만 번지르르하면 그만이라는 생각의 시작. 최근에 대학 신입생이 모인 건물의 지붕이 눈을 못 이기고 주저앉아 아까운 생명을 앗아간 일도 그런 발상에서 비롯된 게 아닐까? 속이야 어떻든, 안전이야 어떻든, 눈에 보기 좋으면 그만. 그래서 기둥도 없이 매끈하게 지붕을 씌우지 않았을까?

예전에 성수대교가 무너진 것도, 삼풍백화점이 무너진 것도 겉만 번지르르하게 해서 일단 넘어가고 돈만 챙기면 된다는 심리였을 터. 새마을 운동도 그랬을 거고. 초가지붕이고 기와지붕이고 암 유발 물질 덩어리인 슬레이트로 바꾸고, 돌담이나 흙담은 무조건 시멘트 블록담으로 바꾸어서 번지르르하게 보여주려고만 했지.

보기 좋은 떡이 먹기도 좋으면 얼마나 좋으랴. 하지만 겉이 화려한 버섯은 필시 독버섯일 확률이 크고, 거의 모든 독사는 몸뚱이가 화려하다! 겉모습만 화려한 것을 일단 의심하자. 의심해야 할 것은 문장도 마찬가지. 화려체 문장은 거의가 무슨 말을 하는지 횡설수설이고, 알맹이가 없는 경우가 많다. 그래서 서산대사는 『선가귀감』에서 그랬으리. '칙간에 단청 말라!'고.

쇼! 쇼! 쇼!

.·´

오래전, 어떤 텔레비전 프로그램에 〈쇼! 쇼! 쇼!〉라는 것이 있었다. 근데 요즘 나라 돌아가는 '꼬라지'가 똑 '쇼' 판이다. 세월호 수장 사건 이후 많은 사람들이 무기력을 호소했다. 집권 세력들은 그들 '꼬라지'에 맞게 국정원 댓글 사건에 이어 국정 무능을 감추기 위한 '쇼'만 열심히 했다. 쌍용자동차, 밀양, 제주 강정은 어떻게 되는지. '관심병사'의 총기 난사 사건은 뭘 뜻하는지. 이제 곧 장마철이 시작되는데 '이' 자 성 가진 자가 '살려놓았다는' 4대강 사기 건은 어찌 될지…….

일본 총리 후보로 손색없는 자를 대한민국 총리 후보라고 내놓고 그의 '쇼'를 2주간이나 즐기던 자들의 의도는? 복사라

쓴다,,, 또 쓴다

해도 될 만한 표절꾼과 차떼기 자금 운반책을 동료로 끌어주고 밀어주는 자들의 대한민국. 나부터도 무기력하다. 그들 이름을 거명하는 것조차도 싫다. 그들 이름이 귀에 들리는 건 바퀴벌레나 송충이가 몸을 기어 다니는 느낌이다.

'쇼 그만하라', '연극 그만하라'는 말이 있다. 이는 쇼나 연극 모두 거짓이라는 얘기다. 사실, 문학에선 소설부터 허구다. 말하자면 거짓이라는 것이다. 그러나 문학의 허구는 '진실'을 추구하는 '거짓'이다. 그런데 정치꾼들은 '거짓'만 즐기지 '진실'은 외면한다. 그들의 '쇼'는 '막장 드라마'이다. 막장드라마는 아무런 개연성도 없이 오로지 자극의 극치만 보여준다. 시청자들은 막장드라마를 욕하면서도 본다. 집권자들이 펼치는 막장 드라마를 보고 국민들은 욕한다. 그러면서도 그들을 찍어준다. 그들이 믿는 건 이런 사람들이다. 욕하면서도 닮아가는……

그들의 쇼와 막장드라마는 어찌 보면(반면교사식으로 얘기하지 않더라도) 진실을 드러내는 일일 것. 쇼와 막장 드라마 와중에 그들도 미처 예상하지 못한 진실이 드러나니까.

애완견, 푸들, 그리고 언론 흉내 내는 것들

·····

대한민국 언론이 외국에서도 유명한 모양이다. 몇 해 전 독일의 《타츠》라는 신문이 '대한민국에서의 언론 자유는 대통령의 무릎에서 노는 애완견'이라고 했다. 박 머시기 대통령을 따라 들어가 청와대에 산다는 진돗개의 자존심이 무척 상했겠다. 감히 애완견과 언론을 같이 놓다니! 거기 사는 진돗개도 애완견일 텐데.

나치의 입이었던 선전상 괴벨스Paul Joseph Goebbels는 "언론은 손 안에 있는 피아노가 되어야 한다"고 했다. 그래도 피아노를 치기 위해선 피아노가 놓여 있는 곳으로 사람이 가기라도 해야 한다. 근데 애완견 있는 곳엔 사람이 굳이 갈 필요도 없다. 애완견이 알아서 사람에게로 온다. 그래서 독일 신문도 무릎에서 노는 애완견이라 했나 보다. 외국 신문에서 지적할 당시 대한민국 언론(언론?)들은 알아서 대통령 무릎 위에서 놀았다. 그러니 사람이 굳이 애완견에게 갈 필요도 없다.

애완견이라는 말을 들으니 옛날(멀지도 않은) 영국 총리였던 토니 블레어Tony Blair라는 사람이 떠오른다. 그는 당시 그쪽 언론에서 미국 대통령 부시의 푸들이라고 불려졌다. 그럼에도 그는 부시에게서 배운 게 많으니 괜찮다는 표정을 지었다. 당시 청와대 입주자였던 박 머시기 대통령과 언론 흉내 내는 애완견들의 표정은 어땠을까?

염치, 눈치코치, 정치, 골치……

.·
.·
.·

    제사상에 안 올리는 생선들 가운데 대표적인 것이 끝이 '~치'로 끝나는 고기들이었다. 갈치, 삼치, 꽁치, 멸치, 병치 등등. 그래서 그러는지 요즘 '~치'로 끝나는 말은 대체로 입에 올릴 만한 것이 아니다. 한자는 다르지만…….

    대표적인 것이 '정치.' 정치가 지금 있는가? 요즘 '각하'라는 말을 되살려 쓰는 어떤 정치꾼(그의 이름을 다른 한자로 표기하면 '장난감'…….)이 그의 각하에게서 국무총리 지명을 받았다. 말하자면 '벼슬아치'가 되는 것이다. '염치'도 좋다. 벼슬아치 되는데 필요한 투기를 비롯해 웬만한 필수 요소를 다 갖추고 있어 딱 맞춤이다.

이런 치들('치'는 '이'를 낮추어 부를 때 쓰는 말) 때문에 백성들은 '골치' 아프다. '눈치' 없는 야당 국회의원들은 그가 부러운 모양이다. 자칭 야당이라는 치들 때문에 내 '명치' 끝이 아프다. '덩치'만 크지 밥값을 제대로 안 하는 치들. 그들이야말로 선거 때만 되면 표를 구걸하는 '동냥치?' 평소에 얼마나 '양아치' 같은 짓을 많이 했으면. '충치' 같은 치들. 충치 앓는 이빨은 '발치'하면 시원하다!

하여간 '정치'는 '갈치', '삼치' 수준은커녕 '동냥치' 수준이다. 요즘은 매일 '망치'로 얻어맞고 사는 느낌! 새정'치' 무리가 전당대회를 한다지만 그치들이 무력하기에 더욱!

이룰 수 없는 꿈

. . . . .

    스페인의 세르반테스_{Cervantes Saavedra}가 지은 풍자소설 『돈키호테』. 소설 속에서 돈키호테는 누가 봐도 '이뤄지지 않는 사랑을 하고, 참기 힘든 아픔을 견디고, 질 수밖에 없는 싸움을 하고, 이룰 수 없는 꿈을 꾼다.' 흔히 '돈키호테 같은 놈'이라 하듯 그의 좌충우돌과 무모함. 그러나 그런 요소도 『돈키호테』를 근대소설의 효시로 일컬어지게 했다.

    아르헨티나 출신의 쿠바 게릴라 혁명가 체 게바라는 "우리 모두 리얼리스트가 되자. 그러나 가슴속에 항상 불가능한 꿈을 꾸자"고 했다. 이른바 '꿈꾸는 리얼리스트'였다.

    요즘 돌아가는 것을 보면 어느 것 하나 가능해 보이지 않는

쓴다,,, 또 쓴다

다. 그러나 꿈은 이룰 수 없이 불가능해 보이기에 꿈이다. 일제 강압 시대에 나라를 찾으려고 독립운동을 한 것도 꿈이고, 유신독재시대에 민주시대를 열자고 민주화 운동을 한 것도 꿈이었다. 다 이룰 수 없어 보이거나 불가능해 보였다.

  '세월호' 진상 규명을 요구하는 것이나 '가습기 살균제 참사', 통일, 친일파 척결 같은 게 어쩌면 꿈같은 일인지 모른다. 하지만 이룰 수 없는 꿈을 꾸고, 불가능한 꿈을 꾸자! 예나 지금이나 사람은 자기 깜냥만큼 꿈을 꾸어야 하는 존재. 그 꿈이 세상을 바꾸기에!

저항하니까 사람이다

바람이 있어 비행기가 뜨고, 물이 있어 배가 뜬다. 모든 것
은 저항이 있어야 존재한다. 가오리연은 바람의 저항만 이용
했지만 방패연은 바람의 저항에 맞서 가슴도 뚫었다. 그래서
더 높이 반드시 날 수 있다. 지금 대한민국을 운전하는 정치
꾼들은 저항을 두려워한다. 방패연처럼 가슴을 뚫어 높이 날
려는 생각은 없고 저항하는 사람은 모두 '종북'이나 '빨갱이'로
몬다. 저항 자체가 있어 자신이 '정치꾼' 노릇이라도 하는 줄
모른다. 그래서 자신들이 추락하고 있는지는 더더욱 모른다.

방패연은 바람을 타고 날아오르지만 더 높이 오래 날기 위
해 뚫린 가슴으로 바람이 지나가게 한다. 정치꾼들은 저항을

못마땅해한다. 방패연은 저항하는 바람을 이용하기도 하지만 저항하는 바람 자체가 자신의 가슴을 지나가도록 구멍도 뚫었는데.

글쟁이는 가난이 있어 되레 좋은 작품을 쓰기도 한다. 징글징글한 역설이다. 연극쟁이나 환쟁이도 마찬가지일 터. 어제 어떤 회의에서 예술가들의 복지 문제를 다루었다. 특히 문학! 벼슬아치들 눈에 글쟁이들은 그럴싸한 물건은 못 만들면서 말만 많은 존재일 터이다. 그러나 글쟁이들은 잠수함 속의 토끼나 갱 속의 카나리아처럼 산소 부족을 먼저 느낀다. 그럼 사회의 산소 부족은? 정치꾼들은 그래서 글쟁이들이 두렵다. 한 줌도 못 되면서 글쟁이들은 먼저 느끼고 먼저 외친다. 공감을 바탕으로 소통하고 나아가 연대하자고!

글쟁이들은 자신들의 존재도 늘 위태위태하면서도 자신을 필요로 하는 데는 마다하지 않고 간다. 4대강, 용산, 강정, 한진중공업, 쌍차, 밀양. 유성기업 행 희망버스 등.

일제 강점기 때는 물론 해방 뒤에도 항상 양지에만 있던 서머시기 시인. 그는 가난은 한갓 남루에 지나지 않는다고 노래했다. 그의 말대로 가난이 허름한, 해진 옷 입은 거라면 별것 아니다. 그러나 가난은 그 정도가 아니다. 그가 춘궁기 내지는 보릿고개를 겪어보았을까? 그는 궁핍이 뭔지 몰라 그런 말을 태연히 했을 것이다.

　다 같이 절대적으로 가난한 시절엔 최소한 인간의 존엄은 지킬 수 있었다. 그러나 지금은 아니다. 가난과 부의 간극이 너무 크다. 상대적 가난은 더욱 비참하다. 서 머시기 시인은 일본이 최소한 백 년은 갈 줄 알고 순일(친일 정도가 아니라)을 했다고 한 위인이다. 그는 바람의 저항이 무엇인지도 헤아려 보지 않고 자신을 키운 건 팔 할이 바람이라고 했다. 바람의 저항을 타고 높이 오르기 위해 가슴을 뚫는 방패연 같은 정치인이 없는 시대. 오히려 저항하는 이의 가슴이 크게 뻥 뚫리는 시대. 사람은 기본적으로 저항한다. 저항하지 않고 무조건 '예, 예' 하면 그는 사람이 아닐 터.

쓴다,,, 또 쓴다

無山書齋

．．．．

광주 가까이 가자 어김없이 無等山이 눈에 들어온다. 머리
에 흰 눈을 잔뜩 쓰고 있다. 5·18 끝나고 서울로 거처를 옮긴
뒤부터는 오랫동안 보지 않으려 한 산이다. 저 산에 눈이 쌓
이기 시작하는 초겨울이면 종강하고, 눈이 녹아버리는 늦봄
이면 종강하던 그때 그 시절, 1970년대……

서정주는 그의 시 「무등을 보며」에서 '가난이야 한낱 남루
에 지나지 않는다'고 했다. 무등의 품은 가난조차도 별거 아
니게 만들어버렸을까?

5·18 광주 민중항쟁이 끝나고 황지우는 그의 시 「무등」에
서 무등산을 두고 '절망의 산, 분노의 산, 침묵의 산, 죽음의

산, 갈망하는 산' 등 무등의 상징을 산 모양으로 잔뜩 시각적으로 늘여놓고 '우리를 감싸는 어머니'라고 노래했다.

시간이 약이구나, 싶다. 눈 쌓인 저 산을 무심히 보며 광주에 들어서다니. 일을 마치고 서울로 다시 왔다. 나를 기다리는 건 한홍구 교수가 쓴, '무등산 타잔'이라 불리던 박흥숙 이야기를 쓴 신문 기사. 그때의 언론이 '왜곡'만 일삼아 하지 않았더라도 그는 철거반원을 죽이지 않고 자신도 죽지 않았을 것이라는 사실이 떠오르는데, 수십 년이 지난 지금도 마찬가지라는 생각이 들어 몸서리! 가난은 한낱 남루에 지나지 않는 게 아니라, 목숨도 팽개칠 수 있는 일.

소싯적부터 나의 호(오래된 사람이라 이런 것도 있다!)는 '無山'이다. 그래서 내가 펴내는 모든 책의 머리말엔 꼭 '無山書齋에서'라는 말을 쓴다. 無山은 無等山을 떠올리기도 한다. 무등은 등급이 없이 더할 나위 없이 좋은 것이기에. 내 스스로 부여한 無山의 의미는 일단 '山外無山(산 밖에 산은 없다)'의 뜻이다. 無山이라는 제목으로 쓴 시도 두 편 있다. 기실은, 시라기보다는 선불교의 무슨 화두 같기도 하다.

산이 없으면?

쓴다,,, 또 쓴다

골짜기도 없지, 뭐.

빈 것이 산을 이루면?

산도 비어 있지, 뭐.

「無山」전문

山外無山(산 밖엔 산이 없고)에다

谷外無谷(골짜기 밖엔 골짜기가 없고)이며

心外無心(마음 밖엔 마음이 없고)이지요

게다가

無等山은 높고 낮은 등급이 없는 산이고요

「無山」전문

세상에 단 한 권뿐인 시집

| 박상률 소설

세상 끝에 내몰린 아이들의 반(反)성장의 서사
성찰을 통한 영혼의 성장 같은 이야기!

난생 처음 막다른 길에 서 보았고, 위태위태한 삶 속
에서 자신을 인정하고 지지할 수 있는 단 한 사람의
'어른'이 필요했을지도 모를 그때의 나에게 들려주고
싶은 이야기! 바로 우리들이 살아온 얘기이자 내 곁
에 있는 사람들의 이야기다.

★ 고등학교 국어·문학 교과서 수록 작품 ★

빡빡머리 앤

| 고정욱·김선영·박상률·박현숙·손현주·이상권 지음

교과서 수록 작가, 청소년문학 대표 작가 소설집

고군분투하는 앤들을 응원하며!
더 나은 내일을 꿈꾸며 '나'를 찾아가는 앤들의 분투기!

청소년문학을 대표하는 여섯 작가가 최근 사회·문화
적으로 '뜨거운 감자'로 떠오른 페미니즘을 다채롭게
풀어냈다. 독자들에게 그간 미처 알지 못했던 우리
사회 속의 성 불평등에 대해 인식하고 성찰해볼 기회
를 선사한다.

쓴다,,, 또 쓴다

: 문학은 문학이다

ⓒ 박상률, 2020

초판 1쇄 인쇄일 | 2020년 3월 17일
초판 1쇄 발행일 | 2020년 3월 27일

지은이 | 박상률
펴낸이 | 사태희
편 집 | 유관의
디자인 | 권수정
마케팅 | 장민영
제작인 | 이승욱 이대성

펴낸곳 | (주)특별한서재
출판등록 | 제2018-000085호
주 소 | 04037 서울시 마포구 양화로 59, 703호 (서교동, 화승리버스텔)
전 화 | 02-3273-7878
팩 스 | 0505-832-0042
e-mail | specialbooks@naver.com
ISBN | 979-11-88912-70-4 (03810)

• 본문에서 인용한 김정호의 〈이름 모를 소녀〉, 박재홍의 〈물레방아 도는 내력〉, 윤영
  선의 〈얼굴〉은 'KOMCA 승인필' 했습니다.

이 도서의 국립중앙도서관 출판예정도서목록(CIP)은 서지정보유통지원시스템
홈페이지(http://seoji.nl.go.kr)와 국가자료종합목록시스템(http://www.nl.go.kr/kolisnet)에서
이용하실 수 있습니다. (CIP제어번호 : CIP2020010638)